耳ラッパ

幻の聖杯物語

レオノーラ・キャリントン

野中雅代・訳

The Hearing Trumpet

Leonora Carrington

工作舎

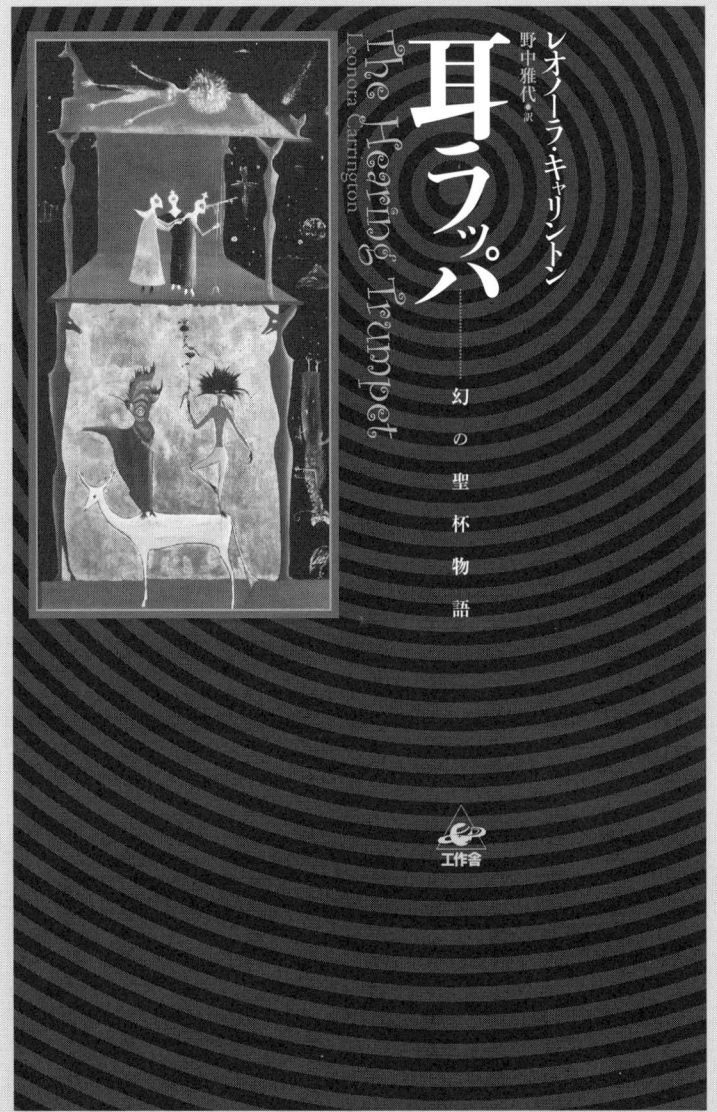

耳ラッパ――目次

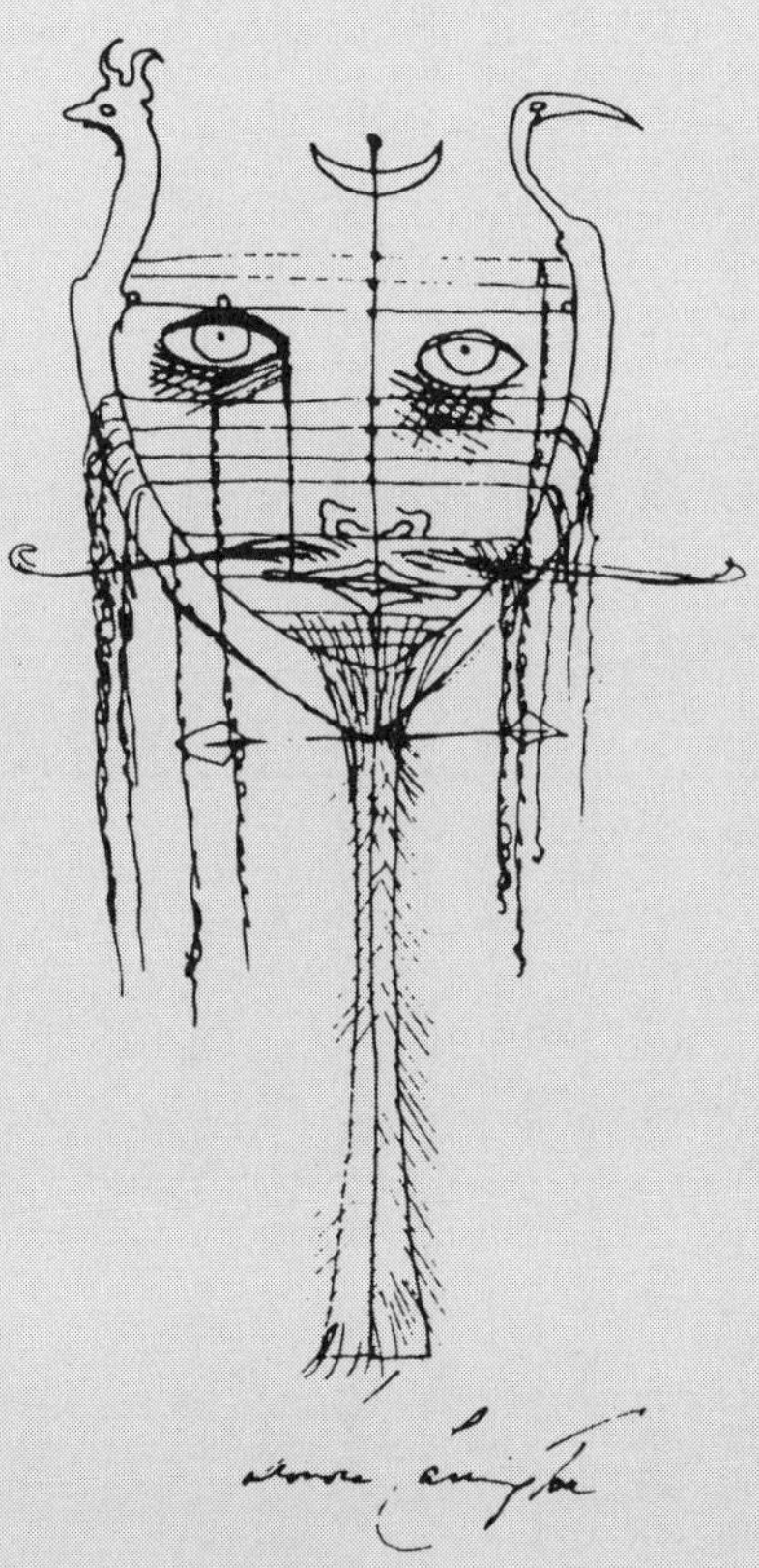

素敵なプレゼント

この耳ラッパをプレゼントしてくれたとき、カルメラは将来何が起こるか予感していたのです。彼女には悪意はありません。ただ奇妙なユーモアのセンスがあるのです。耳ラッパはこの種のものとしては良質ですが、現代的とはいえません。でも類を見ないほど綺麗です。銀と螺鈿《らでん》のモチーフがあって、大きく曲がったバッファローの角の形をしています。美しいだけが取り柄ではなくて、私の耳にもふつうの会話が聞こえるほど音声を拡大してくれるのです。

　言っておきますが、年のせいで私の感覚がすべて鈍ってしまったわけではありません。視力はまだたしかですし、といっても読書に眼鏡が必要ですが、もう本はほどんと読みません。リューマチで骨は少し曲がってしまいました。でも天気のいい日に散歩をしたり、一週間に一度木曜日に部屋を箒《ほうき》で掃くことに差し障りはありません。掃除は体操のようなもので、有益かつ精神を高揚し道徳心を養うことにもなります。私はまだ社会で十分役立つし、事情によっては感じもよく楽しい人物になれるはずだと思っています。歯は一本もないのですが、入歯にはしていません。べつに不自由はないのです。噛みついてやりたい人がいるわけではないし、柔らかくて消化にいい食物は何でも簡単に手に入るのです。マッシュポテトとチョコレートと湯に浸したパンが私の毎日の質素な食事の基本です。肉はけっして口にしません。動物の命を奪うことには反対だし、それに何より噛むのに面倒ですから。

私は九二歳です。十五年ほど息子の家族と同居しています。家は住宅地にあって、イギリス流にいえば小さな庭つきの二軒一棟《セミ・ディタッチト》の家です。ここではどう呼ぶのかわからないけれど、スペイン語では「公園つきの広々とした家」とでも言うのでしょう。これは事実とはちがっています。家は狭くて窮屈で公園と呼べるものはありません。でもきれいな裏庭があって、そこで私は二匹の猫と一羽の鶏とメイドとその子供二人と蝿とマゲイと呼ばれるサボテンとひとときを過ごします。

私の部屋はこの素敵な裏庭に面していて階段を使わずにすむので便利です――夜には窓を開けると星が眺められるし、明け方には太陽が差しこみます。朝の太陽光線は私の目にも耐えられます。メイドのロシーナはむっつりとしたインディオ女で、自分以外の人類はすべて敵だと決めているようです。私は人類の範疇《はんちゅう》に含めていないらしいので、私たちの関係は緊張したものではありません。庭を使うのはマゲイと何匹かの蝿と私だけで、私たちは風景の一部にすぎないと彼女は思っているのです。猫はちがいます。猫には個性があって、ロシーナはそのときの気分で大喜びすることもあれば怒ったりもします。子供たちには話しかけることはないのに、猫には話しかけます。でも彼女流のやり方で子供たちが好きなのでしょう。

私にはこの国は一度も理解できませんでした。最近ではもう北には帰れないのではないか、この国から出られないのではないかと不安になっています。希望を失ってはいけない、奇跡は起こりうるし、事実しばしば起こっているのですから。どんな国を訪れるにしても五〇年は長すぎると思われるでしょう、人生の半分を超す場合もあるのですから。私には少しも住んでいたいとは思わなかった場所にしがみついていた一時期というだけです。この四五年のあいだに私は脱出を試みました。なぜかできませんでした。私をこの国につなぎとめる魔術があるのにちがいありません。いつの日かなぜこれほど長くここにいたのかわかるでしょう。それまではトナカイや雪や桜の木や草原やツグミの鳴き声などを楽しく思い描いていることにします。

イギリスがいつもこの夢の中心になっているわけではありません。ロンドンの母を訪れなければならないのですが、実のところ、とくにイギリスに腰を落ち着けたいと思っているわけではないのです。母は高齢ですが、いたって健康です。少なくとも聖書に流れる時間から考えると、一一〇歳はそれほど高齢とはいえません。身の周りの世話をしているマーグレイヴが送ってくれたバッキンガム宮殿の絵葉書では、母は車椅子でとても活発にしているとのこと。車椅子の人間がどう活発でいられるか私にはまったくわかりませんが。彼によると、母の目はまったく見えないけれど、あご髭《ひげ》は生えていないそうです。これは去年のクリスマス・プレゼントに送った私の写真にあご髭が生えていたのをさしているのでしょう。

そう、私にはふつうの人間が嫌がる灰色の短いあご髭が生えています。もっとも私自身はかなり雄々しいと自負しています。

イギリスにいてもほんの数週間のことで、それから私は長年の夢である犬橇《イヌゾリ》、ふさふさとした毛におおわれた犬が引く橇《ソリ》に乗ってラップランドに出かけます。

☆

こんなことはすべて途方もない考えです。でも私の心が狂人のように逸脱するとは思わないでください。私の心はさ迷うけれど、けっして私の課した限度を超えることはないのですから。

それで、私は息子のガラハッドと同居していて、一日の大半を裏庭で過ごします。

ガラハッドは扶養家族は多いのですが、裕福というのではありません。彼は領事館員でわずかの給料で暮らしています。領事館員は大使とはちがいます(聞いたところによると、大使は政府からはるかに多くの給料を支払われているそうです)。妻はセメント会社の工場長の娘です。名前はミューリエルで、両親はイギリス人です。ミューリエルには五人の子供がいて、末っ子はまだ私たちと暮らしています。名前はロバートで二五歳、まだ結婚していません。性格が悪くて、子供の頃からもう猫をいじめていました。バイクを乗りまわし、家にテレビを持ちこんだのもロバートです。テレビを買って以来、私が家の表側の部屋に行く機会はめっきり減りました。私がいまそこに行けば、お化けの出現といったようなものでしょうからね。家族はほっとしているようです。というのも私のテーブルマナーが型破りになってきたからです。年をとると他人のやり方などどうでもよくなってきます。たとえば、四〇歳の頃なら私は混雑する電車やバスでオレンジを食べることすら躊躇《ちゅうちょ》したでしょう。でもいまでは非難されずにオレンジを食べるどころか、どんな交通機関のなかでも平気で食事の全コースを平らげ、ときには特別に準備したポートワインを最後に流しこむというわけです。

それでも何かしら役立ちたいという思いから、私は自室の隣にある台所で手伝いをします。野菜の皮をむき鶏に餌をやり、前にも言ったように、木曜日に部屋を掃くなど他の激務もこなします。どんな迷惑もかけないし、誰の手も借りずに身体を清潔に保っています。

毎週何かささやかな楽しみがあります。毎晩、晴れていれば、夜空も星も月の満ち欠けも見られま

☆

す。毎週月曜日には、天気がよければ、二ブロックほど歩いて友人のカルメラを訪れます。カルメラはとても小さな家に姪と住んでいます。姪はスペイン人なのにスウェーデン人の喫茶店のケーキを焼いています。カルメラは快適に暮らしていて、とても知的な女性です。エレガントな柄つき眼鏡で読書をし、私のようにぼそぼそ独り言をいうことはありません。とても独創的なジャケットを編めます。でも彼女の人生最高の愉しみは手紙を書くことです。世界中の会ったこともない人に手紙を書き、ありとあらゆるロマンティックな名前を案出して署名をし、けっして本名は記しません。カルメラは匿名の手紙を軽蔑しているし、もちろん匿名だと非実用的です。署名のない手紙に返事を書くひとはいないでしょう。繊細な筆跡で書いたすばらしい手紙は、航空便で天界へと飛び去っていきます。誰からも返事はありません。人間というのはほんとうにおかしなものです。誰も何をする時間もないのです。

さて、ある晴れた月曜日の朝、私がいつものようにカルメラの家に出かけると、彼女は戸口の踏み台の近くで待ち構えていました。極度に興奮しているのがすぐにわかりました。かつらをつけ忘れていたのです。カルメラは禿《は》げです。かつらをつけずに外出することなどありえません、相当の見栄っ張りですから。たしかカルメラの長い髪はかつらと同じ赤毛でした。それに比べると赤いかつらは女王陛下の王冠のように頭に載っているのです。今朝のカルメラはいつもの栄光の冠がないばかりか、興奮のあまりぼそぼそと呟《つぶや》いているのです。これも彼女らしくないことです。私は今朝雌鳥《めんどり》が産み落としたばかりの卵をひとつ持ってきたのですが、彼女が私の腕を握った拍子に落としてしまいました。とても残念なことです。割れた卵はもうもとには戻りませんから。

☆

「待っていたわ、マリアン、二〇分遅れたわね」。割れた卵など気にもとめずにカルメラは言いました。「そのうち呆《ぼ》けてここに来るのも忘れてしまうわよ」。彼女は細い金切り声で、大体そのようなことを言ったようです。というのももちろん私にはすべてが聞こえるわけではないからです。私を家のなかに連れこむと、身振り手振りで彼女はプレゼントがあるのだと説明しました。「プレゼントよ、プ・レ・ゼ・ン・ト、プレゼントがあるのよ」。これまでも何度かカルメラは私にプレゼントをしてくれたのですが、編物とか食料品だったので、これほど興奮したカルメラを見るのは初めてです。包みを開いて耳ラッパを目にしたとき、食器の一部か飲むのに使うものなのか、それとも装身具なのか私には見当がつきませんでした。様々に複雑なジェスチャーをしてみせたのちに、彼女がそれを私の耳に当てると、細い甲高いカルメラの声が怒った牡牛《おうし》の吼え声のように私の頭に響いたのです。

「マリアン、聞こえる?」

たしかに聞こえました。恐ろしいほどです。

「マリアン、聞こえる?」

黙って私はうなずきました。この恐ろしい声はロバートのバイクよりひどかったのです。

「このすばらしい耳ラッパで、あなたの生活は変わるわよ」。

たまりかねて私は言いました。「お願いだから怒鳴らないで、耐えられないわ」。

「奇跡ね!」　カルメラは興奮したままそう言うと、少し声を潜めました。「これであなたの人生は変わるわ」。

私たち二人は坐《すわ》ってスミレの香りのドロップをしゃぶりました。これを舐めると息がスミレの香り

☆

になるのでカルメラは好きなのです。最近私はその嫌な味に慣れたどころか、カルメラとの友情からその味まで好きになってきました。私たちは耳ラッパのもたらす革命的な可能性について思いをめぐらしました。

「坐って美しい音楽や知的な会話を楽しめるだけじゃないわ。家族があなたの噂をしていることも盗み聞きできるのよ。それって刺激的でしょう」。ドロップをしゃぶり終わると、カルメラは特別な機会にとってある黒い小さな葉巻に火をつけました。「もちろん注意して耳ラッパを見せないようにするのよ。聞かれたくないとき、あなたから取りあげてしまうかもしれないからね」。

「なぜ私に秘密にしたいことがあるのかしら?」　カルメラの救い難いほどドラマティックな好奇心を訝《いぶか》りながら、私は言いました。「私は誰にも迷惑をかけないし、家族と顔を合わすこともめったにないのに」。

「わかったものじゃないわ」、カルメラは言いました。「七〇歳以下の人間と七歳以上の人間を信用してはだめよ。猫でもないかぎりね。注意してもしすぎるってことはないのだから。それに聞こえないと思って話している会話が聞こえるスリルを考えてごらんなさいよ」。

「家族の目に入らないようにするのは無理よ」、私は懐疑的に言いました。「バッファローの角ってとても大きいもの」。「もちろん彼らの目前で使うのではなくて、どこかで隠れて盗み聞きするの」。それは予想外でした。たしかに無限の可能性がありそうです。

「まあ、カルメラ、ありがとう。それにこの螺鈿の花模様はとっても綺麗ね、ジェームズ一世時代の趣《おもむき》があるわ」。

☆

「あなたに読ませようとしてまだ投函していない最近の手紙を読んであげるわ。領事館からパリの電話帳を盗んでからというもの、私の行動範囲は拡大よ。パリにこんなに美しい名前があるなんて知らなかったわ。この手紙はパリ十一区ローシュ・ポタン街のベルヴェデール・ドワーズ・ノワジ氏宛のもの。こんなに美しい響きの名前は考えても浮かばないわ。彼は病弱な老紳士で、お年にもかかわらず優雅で、熱帯キノコ栽培に情熱を注いでいて、帝政時代の衣装ダンスで栽培しているの。刺繍したチョッキを着て旅行には紫の旅行カバンを持参するのよ」。

「あのね、カルメラ。一度も会っていない人に勝手な想像をおしつけなければ、もっと返事が来るのではないかしら。ベルヴェデール・ドワーズ・ノワジはたしかに素敵な名前だけど、肥満型で藤の籠を収集しているかもしれないじゃない？　旅行はしないし、旅行カバンはなくて、船員になりたがっている若者かもしれないいじゃない？　もっと現実的になりなさいよ」。

「マリアン、あなたってときにひとの意見に反対するのね。とても思いやりがあっていいひとだってことはわかっているけど。ベルヴェデール・ドワーズ・ノワジ氏が安い藤籠を収集するはずがないの。虚弱ではあっても大胆不敵なひとよ。私、キノコの胞子を送ってあげるわ。彼がヒマラヤから送った様々なキノコ類のコレクションをもっと豊かにするためにね」。

これ以上言っても無駄なので黙っていると、カルメラは手紙を読み始めました。手紙のなかではカルメラは有名なペルー人登山家です。絶壁の端にしかけた罠にかかった獰猛《どうもう》な仔熊の命を救おうとして片腕をなくしています。恩知らずの母熊が彼女の腕を食いちぎったのです。続いて彼女は高地の菌類についてあらゆる種類の情報を与え、サンプルを送ろうと申しでています。彼女はあまりにも現実からはみだしすぎるようです。

カルメラの家を出たときには、もう昼食どき近くになっていました。私はショールに不思議な小荷物を包み、エネルギーを浪費しないようにとてもゆっくりと歩きました。すっかり興奮して、昼食にトマトスープがあるのを忘れてしまうところでした。缶詰のトマトスープは私の大好物なのですが、しょっちゅう手に入る品ではありません。

少し気分が高揚していたのでいつものように裏口からではなく、表玄関から入ってしまいました。ミューリエルは本棚の後にチョコレートを隠しています。それをひとつか二つ盗んでやろうかと思いました。ミューリエルは甘いものにはとてもけちです。もう少し気前がよければあんなに太ってはいないでしょう。彼女は椅子の染みを隠す背覆いを買いにダウンタウンに出かけていました。私は背覆いが嫌いで、洗い落とせる藤椅子が好きです。汚れた布製の椅子ほど惨めにはならないからです。具合の悪いことにロバートが居間にいて、二人の友人をカクテルでもてなしていました。彼らは私をじろじろと眺め、私がいつもの月曜日の散歩に出ていたと説明し始めるとすぐに目をそらしました。私の発声は以前のようには明瞭ではありません。歯がひとつもないのです。私の独り言は長くは続きませんでした。ロバートが荒々しく私の腕をつかむと台所に続く廊下に追いだしたからです。彼が怒っているのは明らかでした。カルメラが言うように、ひとは七歳以下、七〇歳以上でないと信用できません。

☆

いつものように台所で昼食を食べると、私は自室に戻って猫のマーミーンとチャチャの毛を梳《す》きました。長い柔毛を優美でつやつやと保つのに私は毎日猫の毛を梳きます。そして櫛についた毛をカルメラに取っておきます。それが貯まるとカルメラがジャンパーを編んでくれる約束なのです。いまでは二つの小さなジャムの瓶に柔らかくてきれいな毛が貯まりました。これが暖かい冬服になると楽しいし経済的です。カルメラは寒い気候には袖なしカーディガンが実用的だというのです。四年がかりで二つの瓶に貯まるペースなので、服を完成するまではしばらくかかりそうです。少しラマの毛を混ぜてもいいのですが、カルメラは邪道だと言います。ロシーナのいとこがインディオの単純な紡ぎ車を、プレゼントしてくれたことがありました。私はそれで木綿のくずから、実用的なよい糸を紡ぐつもりです。猫の毛が貯まる頃までには、私はよい糸が紡げるようになるでしょう。これは積極的な活動です。北への郷愁がこれほど強くなければ、私はかなり幸せでいられるのです。ここからでも北極星は見える、けっして動かない星だからとひとは言うのですが、私は北極星を見つけたことがありません。カルメラは星座表をもっていますが、私たちには使い方がわかりません。こんなことを相談できるひとは稀なのです。

耳ラッパを用心深く隠すと、私は午後の仕事にとりかかりました。

赤い雌鳥は私のベッドにもう一個卵を産み落とそうとしていて、マーミーンは尻尾を梳かれるのに反抗しています。すべてはいつもと同じでした。突然ガラハッドが私の部屋に入ってきたので、私は危うく椅子から転げ落ちるところでした。息子が最後に私の部屋にやってきたのは、水槽が破裂して配管工を連れてきたときでした。彼は口をもぐもぐさせてドアのところに立っています。何か言っているのでしょう。

そしてポートワインの瓶をタンスの上に置くと、さらに何やら口を動かして出ていきました。驚く

☆

べきガラハッドの振舞いについて私は夕方まで思いをめぐらせました。彼がなぜやってきたのかさっぱりわからないのです。私の誕生日ではないし、彼がプレゼントをくれたことなど一度もありません。気候から判断してクリスマスでもありません。なぜ彼はこんな大振舞いに出たのでしょう？

そのときにはガラハッドの振舞いに不吉な兆しを見てはいませんでした。わけがわからず驚いていただけです。カルメラのように敏感に人間の心理を読み取る才能があれば、そのときすでに私の心配は始まっていたかもしれません。でもその後に起こる出来事を予感できたとしても、私には待つほか手はなかったでしょう。

私は人生の大半を待つことに費やしてきました。多くは空しく終わりました。この頃はあまり首尾一貫して考えないのですが、今度は実際に行動計画をたてました。ガラハッドがなぜいつもとちがって親切だったのか、その理由が知りたかったのです。彼には人間的な感情がないわけではないけれど、無生物にひとしい人間に優しく接するのは時間の無駄だと考えるタイプです。彼の言うとおりかもしれません。でも私にはリュウゼツランは生きているように見えます。だから私自身も自分の存在を主張できる気がします。

夕方になって夕食が終わり、ロシーナが退出するのを待って、私は耳ラッパの包みを注意して開けると、部屋を出て居間と台所を結ぶ廊下の暗い場所に隠れました。ここではドアがいつも開いているので、難なく家族団欒《だんらん》のようすがわかるのです。ガラハッドは暖炉のそばでミューリエルの向かいに坐っていました。暖炉には電気の薪を置いてあるのですが、それほど寒くないので使っていません。ロバートは幅の狭いソファに坐って朝刊を細長い紙片にむしっています。新しい背覆いが椅子とソ

☆

ファにぎこちなく掛かっています。暗いベージュのふさ飾りがあって、簡単に洗濯できて実用的に見えました。家族三人はなにか話しあっていました。

「あんなことが二度と起こらないとしても、もう耐えられない」、ロバートが大声を出したので、耳ラッパは振動しました。「もう二度と友だちは家に呼ばないよ」。

「もうすべて決定済みだろう」、とガラハッドは言いました。「彼女はホームに行くとずっと幸せだという結論に達したじゃないか。おまえがそれほど興奮することはない」。

「あなたはいつも決心するのに二〇年遅れるのよ」、ミューリエルが言いました。「お母さんはこの二〇年ずっと私たちの頭痛の種だったのに、あなたはお母さんを手元においておきたくてぐずぐずしていたわ。自分の感傷を満足させるためにね」。

「ミューリエル、それは違う」、ガラハッドは弱々しく言いました。「チャールズが死ぬまでは母さんを施設に入れる手段はなかったじゃないか」。

「政府は高齢者や虚弱者用に施設を提供しているのよ」、ミューリエルがするどい口調でさえぎりました。

「ここはイギリスではないのだ。ここでは人間らしい扱いをしてくれる施設はないのだから」、とガラハッドは言いました。

「婆さんは人間のうちにはいらない。よだれをたらすボロボロの肉袋というところさ」。

「ロバート、やめなさい」、ガラハッドは弱々しく言いました。

「ともかく、もううんざりだ。友だちを呼んで一杯やっていても、グラミスの妖怪［＊イギリスの昔話の

☆

半人間・半妖怪」が真昼間に入ってきて、意味不明のことを早口でまくしたてるものだから、つまみ出してやった。もちろん優しくさ」、とロバートは言いました。

「いいこと、ガラハッド」、とミューリエルは念を押しました。「あんな老人にはあなたや私のような感情はないの。彼女は施設のほうがずっと幸せよ。適切な介護が受けられるのですからね。最近は施設もとてもよくなってきたわ。私が話したサンタ・ブリヒダの施設の運営は同胞愛の光の泉で、出資は大きなアメリカのシーリアル会社（名前は元気一杯朝食シーリアル会社）よ。すべてとても能率的に組織されていて、費用もかなりお手ごろよ」。

「もういいじゃないか」、ガラハッドは口論にうんざりして言いました。「母さんを送るのには適切な施設かもしれない。よく世話をしてくれるといいがね」。

「それでいつにする？」ロバートは言いました。「あの部屋はバイクの作業場に改造したいよ」。

「それほど急を要するわけではない」、ガラハッドは言いました。「母さんにはよく説明しよう」。

「説明ですって？」ミューーリルは驚いて言いました。「お母さんは自分がどこにいるのかさえわからないのよ。場所が変わったからってわかるものですか」。

「わかるかもしれない」、とガラハッドは言いました。「母さんがどれほどものごとを理解しているかわからないが」。

「あなたのお母さんはもうろくしているの」、とミューーリエルは答えました。「早く事実を認めるに越したことはないわ」。

腕が痛くなったので、しばらく耳ラッパをはずしました。もうろくしているのですって？　たしか

☆

に彼らの言うとおりでしょう、でももうろくするとはどういうことでしょう？　私はもう一度耳ラッパを反対側の耳に押し当てました。「婆さんは死んだほうがましだよ。あの年齢ではひとは死んだほうが幸福だ」、とロバートは言いました。

ウールのパジャマに着替えてベッドに入ると、悪寒《おかん》がして震えているのに気づきました。自分の感覚ではないように思われました。最初に頭に浮かんで離れないのはこんなことです。「猫は、猫たちはどうなるのかしら？　カルメラ、月曜の朝のカルメラ訪問は？　それから赤い雌鳥はどうなるのでしょう？　なぜ私は死んだほうがいいなどと言えるのでしょう？　どうやって判断するのでしょう？　それから、ああ、親愛な金星《ヴィーナス》よ（私はいつも金星に祈るのです。あれほど明るく輝いて人目を引く星ですから）、「同胞愛の光の泉」とは何なのでしょう？　それは死そのものより恐ろしく聞こえます。同胞愛とは何が良いかを妥協なく厳格に他者に押しつけようとする知識で、鉄の意志でひとが好もうと好まざるとにかかわらずより良いものにしようとすることです。ああ、金星よ、こんなことになるなんて私が何をしたというのでしょうか？　そして猫たち、マーミーンとチャチャはどうなるのでしょう？　私はもう彼らの毛を紡いでカーディガンを編んで骨を暖めることはできなくなります。猫の毛を身につけるのではなく、たぶん制服を着ることになるでしょう。赤い雌鳥が毎日私のベッドに卵を産むこともないでしょう」。

この恐ろしい想念に苛《さいな》まれて、私は眠れず強硬症に近い状態に落ちていきました。

翌日もちろん私はカルメラを訪問しました。この恐ろしいニュースを伝えて、アドバイスを聞くために、耳ラッパを持参しました。

☆

「私の千里眼を発揮しなくてはね」、とカルメラは言いました。「あの耳ラッパをフリーマーケットで見つけたとき、『あれはマリアンに必要なものだわ』と呟いたの。すぐに買うほかなかった、予感がしたの。ところで恐ろしいことになったわね、計画を練って実行しなくては」。

「同胞愛の光の泉をどう思う？　なんだか怖いわ」、私は尋ねました。

「同胞愛の光の泉なんて」、とカルメラは言いました。「なんだかひどく如何《いかが》わしいわよ。老女たちを砕いてシーリアルにする会社を想像するのではなくて、道徳的に忌まわしい。すべてがとても不吉よ。あなたを同胞愛の光の泉の呪縛から救いだす対策を考えなくては」。はっきりとした証拠はないけれど彼女は面白がっているようで、くすくす笑っているのです。もっとも狼狽《ろうばい》しているのは見てとれましたが。

「猫を飼うのは許されるかしら？」

「猫はダメよ」、カルメラは言いました。「施設というのは、何も好きになってはいけない場所よ。時間がないのだから」。

「どうしたらいいかしら？」　私は言いました。「九二歳まで生きてまだ何も理解していないのに、ここで自殺するのも悔しいわ」。

「ラップランドに逃げられる」、とカルメラは言いました。「ここでテントを編めば、ラップランドに着いたとき買う必要はないわ」。

「お金がないもの、文無しではラップランドにはとても着けないわ」。

「お金はいつも厄介な問題よね。もし私にあればいくらかあげるのだけれど。それで二人でラップ

☆

ランドに行く途中にリヴィエラで休暇をとるの。少しならギャンブルもできるわ」。

カルメラでさえ実際的な助言ができないのです。

家とは肉体のようなものです。私たちは、肝臓や骨や皮膚にしがみついているように、壁や屋根やものに結びついています。私は美しくはなく、その絶対的事実を確認するのに鏡は必要ではありません。それでも私は、このやせ衰えた骨組みが金星《ヴィーナス》の透明な肉体であるかのように、しっかりとしがみついているのです。これは裏庭や私が所有している小さな部屋や肉体や猫や赤い雌鳥や循環の悪くなった血流についても言えます。これらのよく馴染んだものと愛するもの、そう愛するものたちから離れるのは、「二重わざの男」［＊「訳者あとがき」参照］という古い詩によると、「死、死そのもの」でした。古い血液の長い糸のついた私の心臓の針を治療することはできません。それではラップランドと毛皮で覆われた犬のチームの話ができるというのでしょうか？　たしかに、それも慈しんできた習慣を素敵に冒瀆することになるはずです。でも老いぼれた老婦人の収容施設がもたらす冒瀆とどれほどちがうというのでしょう。

「もしも連中があなたを十一階の部屋に閉じこめるようなことがあれば」、カルメラは葉巻に火をつけながら言いました。「ロープをたくさん編んで逃げるのよ。下で機関銃と自動車を用意して待っているからね。自動車を雇うわ、一時間や二時間ではそれほど高くはないはずよ」。

「機関銃をどこで手に入れるの？」　恐ろしい道具で武装したカルメラの姿を想像して、私は興味をそそられて尋ねました。「どうやって操作するの？　私たちにはあの星座表の使い方すらわからないのに。機関銃はもっと複雑なはずよ」。

☆

「機関銃なんて」、とカルメラは言いました。「単純そのもの。たくさん弾丸を詰めて引き金を引くだけ。知的操作なんて必要ないし、事実撃つ必要なんかない。機関銃をぶっぱなして音で威嚇するだけ、持っているだけで危険人物に見えて誰も近づかないわよ」。

「でもまちがいもありうるでしょう」、私は心配になって答えました。「誤って私を撃ったらどうなるの？」

「どうしても必要なとき以外は引き金を引かないわ。やつらが警察犬の群れを放つこともありうるわ。そのときには引き金を引かなければならない。犬の群れは格好の標的よ、四〇匹の犬を二、三メートルの距離から撃つのはさほど難しくはないわ。たけり狂う警察犬からは離れていなさいといつもあなたに忠告しているわね」。

カルメラの意見にそれほど説得性はありません。「もし一匹だけ追いかけてきて私の周りをぐるぐる回ったらどうなるの。犬でなくて私を撃ってしまうわ」。

「あなたは」、とカルメラは葉巻で宙を指しながら言いました。「ロープを伝って十一階から降りてくるの。犬が狙うのは私のほうで、あなたではないの」。

「でも」、私はまだ納得できずに言いました。「警察犬の死骸が散乱する運動場（高い塀に囲まれた、運動場があればと仮定して）を出たとして、どうするの、どこに行くの？」

「海辺の豪華な保養地でギャングに加わるわ。競馬賭博の胴元が支払う前に勝馬を盗聴するのよ」。

カルメラの話は脇道に逸《そ》れました。私は彼女を関心事の中心に連れ戻そうとしました。

「たしか施設では動物を飼うのは許されないと言ったけれど、四〇匹の警察犬は動物ではないってこと？」

「正確に言えば警察犬は動物ではないわ。警察犬は動物のメンタリティをもっていない動物の変態よ。警察官が人間ではないのに、どうして警察犬が動物でありうる？」

これに答えるのは不可能でした。カルメラは弁護士になるべきだったのです。彼女はこみ入った討論がとても得意なのです。

「あなたの論理では牧羊犬は羊の変態だということね」、と私は言いました。「施設にそれほど犬がいるのなら、猫の一匹や二匹いたとしてもかまわないと思うけれど」。

「考えてごらんなさい。四〇匹の獰猛《どうもう》な警察犬のなかで猫たちはずっと苦悶するのよ」。カルメラは前方を見つめて苦悶の表情を浮かべました。「そんな状況では猫たちの神経はまいってしまうわ」。もちろん、いつものように、彼女の意見が正しかったのです。

絶望し打ちひしがれて、びっこをひきながら私は家に帰りました。どれほど私はカルメラや彼女の励ましの忠告や黒い葉巻やスミレのドロップなどを懐かしく思うことでしょう。施設ではたぶんビタミンを舐めさせられるでしょう。ビタミンと警察犬と灰色の壁と機関銃。私は趣旨一貫して考えられませんでした。恐ろしい状況が頭のなかで大きな混乱した塊になって漂い、まるで棘のある海草が詰まったように頭痛がしました。

私自身の能力というより習慣の力で、家に帰ると裏庭に坐りました。奇妙なことに私はイギリスにいて、日曜日の午後でした。ライラックの木立のもとで本を持って石の椅子に腰掛けていました。近くにローズマリーの茂みがあり、あたり一面に香りが漂っていました。誰かが近くでテニスをしてい

☆

ました、ラケットとボールのぶつかる音が聞こえたのです。これはオランダ式の沈床園でした、でもなぜオランダ式なのかしら？　バラがあるから？　幾何学的デザインの花壇だから？　それともたぶん地面より低くなっているために？　教会の鐘の音が聞こえます、あれはプロテスタントの教会です、私たちはもうお茶は飲んだのかしら？・（きゅうりのサンドウィッチと種入りケーキと小さいロールパン）　そう、お茶は終わったのでしょう。

私の長い髪は猫の毛のように柔らかく、私は美しい。これは大きなショックです、というのも私は自分が美しいこと、それには何かしなければならないことがあると気づいたばかりです、でも何を？美はほかのものと同様責任を伴います、美しい女性は首相のように特別の人生を送るのです、でもそれは私が望んでいることではありません、何かほかのことがあるにちがいありません……書物。いま私には見えます、ハンス・クリスチャン・アンデルセンの物語、雪の女王。

雪の女王、ラップランド。幼いケイが氷の城で掛け算の問題を解いています。

いま私には、何年も取り組んできたらしいのに解けない数学の問題を与えられていたことがわかります。現実には私は香りのいいイギリスの庭園にいるのではありません、でもそれはいつものように消え去りません、私がこのすべてを創りあげているからです、それは消え去りそうですが、でも消えません。強烈すぎる感覚とその歓びはとても危険です、何か恐ろしいことが起ころうとしています、私はその解決策を早く見つけださなければなりません。

私が愛するものはすべて崩れ去っていこうとしています、でも雪の女王の問題を解かないかぎり、私にはどうすることもできません。女王は鞭のように鋭い音をたてる白い毛皮を着て、足の十本の爪

☆

——レオ・レオーニ　「平行植物」より

工作舎

工作舎
〒169-0072　東京都新宿区大久保2-4-12 新宿ラムダックスビル12F
tel▶03-5155-8940　fax▶03-5155-8941
www.kousakusha.co.jp/　saturn@kousakusha.co.jp

にダイアモンドをはめた北極圏のスフィンクスで、その微笑は凍りつき、涙は足下に描いた奇妙な図式に雹《あられ》のようにぱらぱらと音をたてて落ちます。いつかどこかで私は雪の女王を裏切ってしまったのにちがいありません、そう、たしかにいままでに気づいているべきだったのでは？

白いフランネルのシャツを着た若者が私に何か尋ねようとやってきました、私はテニスをしようとしているのかしら？　でも、実際には私はテニスがそんなに得意ではなくて、だから本を読んでいるのです。いいえ、知的な本ではなくて、童話。あなたの年齢で童話ですか？

なぜ童話では変なの？　年齢ってそもそも何かしら？　何かあなたの理解できないものよ、愛しいひと。

いま森は野性のアネモネの花盛よ、行ってみましょうか？　いいえ、ダーリン、私は野性の「浣《エネ》腸《マス》」と言ったのではなくて、野性のアネモネと言ったの、花のこと、たくさんほんとうにたくさんの野性の花が木々の下の地面に咲いていていてバルコニーの下にまでずっと続いているわ。アネモネは匂わないけれど、香水のように存在していていて取り憑かれてしまいそう、私は生涯忘れないでしょう。

ダーリン、どこかへ行くのですか？

ええ、森に。

ではなぜ生涯忘れないと言うのですか？

あなたは花の記憶の一部であって、あなたは消え去ってしまうのですもの、アネモネは永遠に咲くけれど、私たちはそうではないわ。

ダーリン、哲学的になるのはおやめなさい、あなたには似合わない、鼻が赤くなりますよ。

☆

自分がとても美しいと気づいてからというもの、鼻が赤くなるなんて何でもないわ、ほんとうに美しい形なのですもの。

恐ろしく自惚《うぬぼ》れが強いひとだ。

いいえ、ダーリン、私は自惚れてなどなくて、美しい鼻で何かする前に鼻は消え去ってしまうという恐ろしい予感がするの。自惚れる時間すらないという気がしてほんとうに怖いの。

あなたは憂鬱狂だな、あなたがそんなに美人でなければ僕は退屈でこり固まってしまう。

私に退屈するひとなんていないわ、あまりにも多くの魂があるのですもの。

ありすぎるほどにね、でもありがたいことに、すばらしい肉体もあるのだから。森は緑と黄金の光でいっぱい、あの素敵な羊歯《シダ》を見て。魔女は羊歯の胞子を使って、魔法をかけるそうよ、雌雄同体だから。

魔女は両性具有ですか？

いいえ、魔女じゃなくて胞子のこと。誰かがあの青みがかった巨大な樅《モミ》の木をカナダから運んできた、ものすごく高価で、アメリカから木を運んでくるなんて何て馬鹿げたことをするんだ。アメリカは嫌いですか？

いいえ、私にはアメリカを嫌う理由はないわ、一度も行ったことがないのですもの、恐ろしいほど文明化しています。

そうだな、僕はアメリカは嫌いだ、いったん入りこむともう二度と出られない羽目になり、二度と見られないアネモネを求めて生涯泣き叫ぶことになってしまうのがわかっています。

☆

たぶんアメリカは頭から足まで野性の花で覆われているかもしれないわ、大半はアネモネでしょう、もちろん。

そんなことはありませんよ。

なぜわかるの？

僕が考えているアメリカではそうではありません。そこでは他の種類の植物が生えていて、埃っぽい。埃だらけです。たぶん、少し椰子の木があって、あちこちで牛に乗ったカウボーイが跳ねているわ。

カウボーイが乗るのは馬です。

そう馬ね。あなたが気分が悪くて家に帰ってみると、乗っていたのがゴキブリだったかもしれないということになれば、どうかしら？

あなたはアメリカに行く必要はないのだから、そんなこと気にしないで。

行く必要がないですって？　わかるものですか、将来私はアメリカをたくさん見ることになるような気がするのですもの、もしそこで奇跡が起こらなければとても悲しくなるでしょう。

奇跡とか魔女とかお伽噺《とぎばなし》ばかり、もっと大人になってください、ダーリン！

あなたは魔法を信じないかもしれないけれど、いまこの瞬間にも何かとても不思議なことが起こっているわ。あなたの頭が薄い空気に溶けていって、あなたのお腹を通して石楠花《シャクナゲ》の花が私には見えるわ。あなたが死んだとか何かそんなドラマティックなことではなくて、ただたんにあなたが色褪せていって、私にはあなたの名前を思い出すことすらできないの。あなたよりあなたが着ていた白いフラ

☆

ンネルのシャツを憶えている。白いフランネルのシャツについて自分が感じたことを憶えているけれど、フランネルを歩かせていたものは完全に消え去っている。

だからあなたは私を麻のピンクのノースリーブのドレスとして記憶しているけれど、私の顔はほかの多くの顔と識別できなくなって、名前すら思い出せない。なのになぜひとはそれほど個性というものに大騒ぎしなければならないのかしら?

私には雪の女王の笑い声が聞こえたような気がしました、彼女はめったに笑わないのです。

ところで私は恐ろしく古びた残骸のような自分の肉体で居眠りをしていて、ガラハッドが私に何か言おうとしていました。彼は大声で怒鳴っていました。「ちがう、テニスに招待しているのではなくて、非常に重要ないい話をしようとしているんです」。

いいこと? 重要なことですって?

「お母さん、素敵な休暇に出かけましょう。とても楽しいですよ」。

「ガラハッド、そんな馬鹿げた嘘を言わないで。おまえたちは私を呆けた女たちの入るホームに送ろうとしている、みんな私を胸がむかつく古バッグだと思っている、おまえたちから見ればそのとおりかもしれないけれど」。

彼は口をゆがめしかめ面《つら》になって、私がボンネットから生きた山羊《ヤギ》でも引っ張り出したかのように、見とれて立っていました。

「みんなこれについてお母さんに分別よくして欲しいと思ってるのです」。彼はついに大声を出しました、「非常に居心地よくて、友人もたくさんできますよ」。

☆

「ガラハッド、分別よくするとはどういうこと？　私が家を壊してレンガを一枚一枚剥がしそれを踏みつけるとでも言うの？　テレビを窓から放り投げるとでも？　裸でロバートのぞっとするバイクを乗りまわすとでも？　そんなことはしませんよ、ガラハッド。私にはそんな反抗的な強さは残っていない。私にはおまえたちがいう分別よくする以外にまったく選択の余地はないから、心配しなくていいわ」。

「お母さん、とても楽しいし、いくらでも気晴らしはできるし、スタッフは訓練されているし、けっして孤独ではないとすぐにわかりますよ」。

「私は一度だって孤独だったことはないよ、ガラハッド。というより孤独に苦しんだことはないよ。逆に自分の孤独が無慈悲にもほかの善意を装う人々に犯されるほうが恐ろしいね。もちろん私のいうことを理解してもらおうとは思わないけれど、実際にはおまえたちが押しつけようとしているときに、私を説得しているなどとは思って欲しくないね」。

「嘘じゃありません、お母さん、あなたのためです、いずれわかりますよ」。

「どうだか。でも、いまさら何を言ってもおまえたちの意見は変わらないだろうから、いつ行くことになるの？」

「そうですね、具合を見に火曜日に車で出かけましょう。もし気に入らなければ、すぐに戻ってきていいですからね」。

「今日は日曜ね」。

「そうです。お母さん、聞き分けてくれて嬉しいですよ、サンタ・ブリヒダでたくさん友人ができ

☆

て健康的な運動をしたら、楽しいところだとわかりますよ。あそこは、いわば国のようなものですからね」。

「健康的な運動だって?」 そこにはホッケー・チームがあるかもしれないという恐ろしい予感がして、私は尋ねました。現代的なセラピーなどわかったものじゃありません。「私はここで十分運動は足りているよ」。

「ある種の団体スポーツですよ」。怯《ひる》んだ私を励ましながら、ガラハッドは答えました。「一か月か二か月で二歳は若返った気持になりますよ」。

呼吸が苦しくなりそうで、エネルギーを消費しないように平静を保ちました。墓に入って硬直する前にしなければならないことがありすぎるほどあるのです。ガラハッドと口論しても無駄なことはわかっていました。彼はしばらく喋り続けていたけれど、もう大声はだしていなかったので私の耳には届きませんでした。

☆

五、六〇年ほど前に、ニューヨークのユダヤ人街でとても実用的なブリキのトランクを買いました。このトランクは何にでも使えていまでも健在です。最近はカルメラの訪問時に、お茶を飲むテーブル代わりに使っていました。これにものを詰めるのはラップランドに出発するときだと思いこんでいたのに、未来などわかったものではありません。七年ほど開けてみたことがなかったので、カルメラの調合してくれた睡眠薬の瓶などすっかり忘れていました。舐めてみたこともありません。トランクの底で中身の液体は結晶して沈殿しまるで毒のようで、茶色っぽい表面には灰色のカビが生えています。でもとっておきましょう。何かに役立つかもしれないし、捨てるものなどありません。トランクの内側はしっかりした木枠がついていて、ところどころに少し染みになってはいるものの趣味のいい模様の紙が貼ってありました。

睡眠薬の次に詰めたのは、もちろん運命を決する耳ラッパでした。これを見ると大天使ガブリエルを思い出します。聖書では最後の審判の日に人類は墓から起きあがって最後の大惨事にたちあうはずですが、ガブリエルは耳にラッパを押し当てて聞くのではなくて、ラッパを吹いてそれを告知するのです。不思議なことに、聖書はいつも悲惨や地震や洪水のような天変地異で終結する運命になっています。それなのになぜキリスト教の悪意ある怒りの神が広く受け入れられるのでしょう。人間性とは不可解なもので、私にそれがわかるなどと豪語するつもりはないけれど、でもなぜ人間はただ疫病や大虐殺に追いやるものを崇拝するのでしょう?　なぜイヴはすべての咎《とが》を受けなければならないのでしょうか?

その次には整理ダンスのなかを選《よ》り分けなければなりませんでした。マーマレード、グラス、豆の缶詰、トマトケチャップのようにいろいろなラベルを貼った紙箱が入っています。中身はもちろんラベルとはちがって時間がたって固まり変質しています。二度と帰ることはないかもしれない旅に出るときには、持ちものを入念に選ぶ必要があります。不要だと思われるようなものが状況しだいで極めて重要になるかもしれないのです。私はラップランドに出かける気持で荷造りすることにしました。ねじ回し、金槌、釘、鳥の餌、自分で編んだ縄の束、細長い皮紐をいくつか、目覚し時計のようなもの、針と糸、砂糖袋、マッチ、彩色ビーズ、貝殻のようなものです。最後に運搬中に中身が動かないように衣類を数枚詰めました。

☆

あの詮索好きなミューリエルが私の持ちものをチェックする前に、空っぽになったボール箱に裏庭から拾ってきた石を詰めて紐で縛っておきました。これでミューリエルは私ががらくたをすべて残していったと思うでしょう。そして「ゴミ」と称して捨てることになるでしょう。

もちろんエスキモーを買収するつもりなどありませんが、必要時にはそうできるようにすべてを詰めました。極北のように文明から切り離されている施設でも、ひとが何を欲しがるかわかったものではありません。私は修道院で伊達《だて》に教育を受けたわけではありません。

時間は、周知のごとく、過ぎ去ります。でも過ぎ去った時がふたたび同じ状態で戻ってこないとは断言はできません。機会がなかったのでいままで言及しなかった友人によると、ピンクの宇宙と青の宇宙が二つの蜜蜂の大群のように粒子状になって交差し、青とピンクのひとつがいの蜜蜂が衝突すると奇跡が起こるというのです。これはもっと時間をかけてみないとわかりません、うまく説明できたかどうか自信はありませんが。

この特別の友人マールボロウ氏は、妹とヴェニスに住んでいてしばらく会っていないのです。彼はすばらしい詩人で近年有名になりました。私も詩を書いてみようとしたことがあるのですが、言葉に韻を踏ませるのは大変な作業で、まるで混雑した大通りで七面鳥の群とカンガルーの群の手綱をとって、ショーウインドウを覗きこまずに整然と走らせるようなものです。言葉は無数で、そのすべてに意味があるのですから。マールボロウは、妹は生まれついて身体障害があるというのですが、とても謎めいて話すので実際にどうなのか私にはわかりません。

私の思いちがいでなければ、作家とはつねに自作についてなにか言い訳をするようです。それほど

☆

おとなしく平和な職業に携わりながら、なぜ言い訳をしなければならないのか私には理解できません。軍人は殺しあっても謝罪することはないのに、小説家は素敵に不活発な紙の本を書いて恥じるのです。そのうえ著書が読まれるという保証もありません。価値とはとても不思議なもので急激に変化するので、私にはついていけません。

こんなことを言うのは私にも詩が書けるかもしれないと思うからです。バラードが私のスタイルだと思うのですが、こんな短い簡単な詩節を書いてみました。

ドアからドアを調べたけれど
床にはなにもありません
身内と友人に見放されたけれど
私は彼らに安全ピン一本も遺しません

長い言葉を使って気取って書いたのではさらさらありません。これはたんに一例で私の実際の好みはむしろロマンティックです。

こんな思いがざるから砂が落ちるように頭を駆け巡りながらも、私は荷造りを続けていました。かなりの時間がたったのに眠くはありませんでした、熱中していたのです。

睡眠時と覚醒時の区別が以前ほど明確でなくなって、私はしばしば双方を取りちがえてしまいます。私のなかにはあらゆる種類の記憶が詰まっていて、それは年代順ではないのですが、でもたくさ

☆

んあります。それで私には種々雑多な記憶を保持するすばらしい能力があるのだと自負しています。

猫が　賛美歌を捧げる月《ムーン》
それは　浜辺を照らす銀の匙《スプーン》

この韻を踏むイメージは、完成することはありませんでした、眠りこんでしまったのにちがいありません。

☆

光の家

サンタ・ブリヒダはこの街の南端に位置する住宅地です。実際そこは古代のインディオとスペイン人の村だったのですが、いまではガソリンスタンドと工場によって首都とつながっています。家々は日干しレンガ造りや巨大な石造りで、狭い通りはざっと舗装され、端には木が植わっていて、高い塀が植民地ふうの大邸宅や公園を隠しています。雨の日にゴメス・アンド・カンパニーという製紙工場のひどい臭いさえしなければ、この地区はある種の魅力があるのですが。雨が降ると地域全体がひどい悪臭に包まれてしまいます。

アルバアカ通りのいちばん奥に立つ家がホームでした。それは私やカルメラが想像したものとはかけ離れていました。もちろん外壁はあるのですが、それ以外はまったくちがっていました。外部には古い大きな壁以外にはほとんど何も見当たらず、壁にはイソマツと蔦が絡んでいました。表門の扉は鉄片がついた巨大な木製で、鉄片は以前は上枠に使われていたのかもしれません。鉄はなめらかといえるほどに磨かれていていました。壁の丈を越えた階のあたりに塔が突きでているのが見えました。これらすべては予想していた病院や監獄というよりは中世の城のように見えました。

☆

私たちを導き入れた婦人は予想していた清純な案内人とは驚くほどかけ離れていたので、私は彼女から目を離すことができませんでした。私よりすこし若くて、一〇歳ほど年下でした。フランネルのパジャマのズボンをはき、紳士用のディナー・ジャケットを着て灰色のタートルネックのセーターといういでたちでした。髪はまだあるらしく、ほつれ髪がH・M・S・サンベリーナという文字と王冠がついたヨット帽の下からはみだしています。とても興奮しているらしく喋り続けるのです。ガラハッドとミューリエルはときどき話に割りこもうとしましたが、彼女はその隙を与えませんでした。

最初の印象は鮮明ではありません、中庭がいくつかあって、修道院の回廊と水の澱んだ泉と木々と潅木と芝生があったような気がします。本部の建物は本物の城で、不似合いな様々の形の別棟に囲まれていました。悪戯《いたずら》好きな小妖精ピクシの棲家のようで、毒キノコやスイスの田舎家や、列車の客車のような形をしていて、普通のバンガローに見えるものもひとつか二つあります。長靴の形もあれば、エジプトの特大ミイラのようなものもあります。すべてがこのうえなく奇妙だったので、自分の目が正しいかどうか疑うほどです。案内人は興奮して話し続け、ミューリエルとガラハッドを無視して、私に何か説明しているようでした。二人の顔に驚きの表情が読み取れましたが、わざわざ私のトランクを運んできた労力もあり二人は考えを変えようとはしませんでした。

しばらく歩くと私たちは菜園にぽつんと建っている塔にたどりつきました。これは本部の建物の塔ではありませんでした。新しい塔で三階より上はなく白塗りでした。どこか灯台に似ていて、なぜ庭に建っているのか理解に苦しむほどです。案内人は扉を開けると、十五分ほど話したあとで私たちを中に導きました。この不思議な場所に私が住むことになっているのは明らかでした。唯一ほんものの家具は枝編み細工の椅子と小さなテーブルで、あとはすべて絵に描いてありました。つまり壁に存在しない家具が描かれていたのです。とてもうまく描かれていたので、私は最初ほんものだと思ったほどです。描いた洋服ダンスや本と書名が詰まっている本箱を思わず開けそうになりました。微風に揺れるカーテンが掛かる開いた窓、というよりもしほんもののカーテンなら風に揺れたでしょう。描いたドアとあらゆる種類の装飾品を備えた棚。これらすべての一次元の家具は、鼻をガラスのドアにぶつけるように、奇妙に気のめいる効果がありました。

ガラハッドとミューリエルがほどなく去りましたが、案内人は居坐って狂ったように話し続けました。彼女は私が一言も聞こえないのがわかっているのでしょうか。でもいくら私が大声でそう宣言したとしても、この言葉の嵐のなかでは何も伝わらなかったでしょう。ついに私は話し続ける彼女を置き去りにして、階段を登ると塔の残りの場所を調べることにしました。ほんものの窓とベッドと押入れがある部屋がひとつありました。壁に装飾はありません。片隅に梯子《はしご》がありはね上げ戸まで続いているのですが、奮闘して疲れたので次の機会に調べることにしました。

トランクの整理を終えるのに階段を二五回も上り下りしたのですが、彼女はまだ喋り続けていました。私は耳ラッパをつけてみました。洗面所は一階にあって、音響効果を調べるには、格好の場所でした。

「それはべつに変わらないわ、どちらにしても彼はアヒルのせいでここにいるのは許されなかったしね。でも私に長い素敵な手紙を送ってくれたのよ、彼がどんなふうにジャッカルを一〇キロ追いかけたか手紙を読んでちょうだいね」。

☆

「もうお茶の時間よ、ガンビット博士は私たちがベルの鳴る前に集合するべきだと思っているのよ。彼は時間にはうるさいから急がなくてはね。私は時間は重要ではないと思うし、秋に紅葉する葉や雪のこと、春や夏の鳥や蜜蜂を思うと、時間は問題ではないとわかるの、でもひとは時計に執着する。私は霊感《インスピレーション》を信じているの、霊感を受け神秘的な同質性で結ばれた二人が交わす会話はもっとも高価な時計よりもずっと大きな歓びを人生に与えてくれるわ。残念なことに霊感を受ける人間は極めて少ないから、ひとは生命の火を貯えるのに汲々としなければならない、これにはとりわけ疲れてしまう、骨は痛み頭はふらふらするし、疲労で気絶しそうになっても、昼も夜も働かなければならない、おまけに私が両足を踏ん張って霊感を受ける人生の歓びを失うまいと必死に闘っているのをわかってくれるひとはいないのだから、心臓が騒いでも哀れな運搬用動物のようにこき使う、私はしばしば自分がジャンヌ・ダルクのような気がするの、ひどく誤解され、すべての恐ろしい枢機卿や司教たちにとても多くの的はずれな質問をされ、苦悩する哀れな精神を刺し貫かれたジャンヌ・ダルク。私は彼女にとても深い同質性を感じる、自分の内にある変わったすばらしい力を放棄しないために、ひととちがっているとされて火刑に処されているように感じるわ、その力は私のような霊感を受けた人間と響きあい伝達しあったときに顕われるのだけれど」。

　私は彼女の人生哲学にまったく同感だと何度か口を挟もうとしましたが無駄でした。またお茶の時間にあれこれ説明せずに耳ラッパを持ちこめるかどうか聞きたいとも思いましたが無駄でした、彼女はひたすら話し続け私は口を開けては閉じるしかなかったのです。お茶の時間に遅刻するのを嫌うというガンビット博士も心配になってきたのですが、私の連れは一向に動く素振りは見せずただひとつの出口を塞ぐように立っています。すぐに行かなければお茶を飲めなくなってしまうでしょう。これはとても不愉快です。もし午後遅くのお茶だけで夕食がなければ、私は朝食まで空腹のまま辛抱しなければならないでしょう。

「世界の人間がもう少し理解しあう必要性を理解すればいいのに。たとえば私、ここでは誰も私のことをわかってくれない、私をジャンヌ・ダルクのように押し潰そうとする重労働をほんの一部でも分担しようともしない。でも私の霊感の源は、私の内なる闘志のために、まだ損なわれてはいない。純粋に創造的な考えが内から涌きだし、私は与え、与え、与え続けている、でも人々はこの理解能力を分かちあおうとはしない。私にいっそう多くの仕事を課すので、朝目覚めると過労のためにひどい嘔吐がするの、完全な疲労はひとを枯渇させるわ。私は寛大だから、いつもひとに利用され日中の(そして夜間の)終わりのない仕事が私の両肩にのしかかる」。

これはほんとうに驚くべきことでした、どんな恐ろしい労役が哀れな女を混乱させているのでしょう? 私も喋りやまなくなるほど、昼夜をとわず働かなければならないのでしょうか? たぶん彼女に巨大な溶鉱炉用の石炭をシャベルですくわせたのでしょう、きっとここには秘密の火葬場があるのです、老人は死に続けるのですから。おそらく鎖に繋がれた屋外労働護送中の囚人たちもいて、私たちは石を斧で叩き割り、水夫が錨を巻きあげるときに歌う囃《はや》し歌を歌わなければならないのでしょう(これで彼女がヨット帽をかぶっているわけがわかります)。屋外の風変わりな小屋がすべて不吉な意味合いを帯びてきました。老婆の家族には子供じみた平和な生活を送っていると思わせる童謡ふうのバンガロー群、その背後には巨大な火葬場と水夫たちの囃《はや》し歌です。

☆

私は気分が悪くなってお茶どころではなくなりました。耳ラッパを持っていたので腕が麻痺していたのですが、何か恐ろしいことが起こりそうな予感がして手放すことはできず、いまでは至福と思われる沈黙に沈んでいくのも嫌でした。どこか遠くで鐘の音が聞こえると、私の連れはまだ話しながら私の腕をとり、私たちは本部の建物に出かけました。私は催眠術にかかったかのように耳ラッパを耳に押し当てていました。彼女の話はかなり変化するもののつねに同じ地点に戻る運命の女神の輪のようでした。熱中度は衰えることはなく、感じのいい皺だらけの顔に宿る深い誠実さも変わることはありませんでした。

のちに彼女の名がアナ・ヴェルツだと知ることになります。彼女は名乗ることはありませんでした、そんな実際的で陳腐なことを知らせる時間はなかったのでしょう。

食堂は長い鏡板張りの部屋で庭に開くフランス窓がついていました。緑のベルベットのカーテンはちぐはぐなものの、大きな休憩室《ラウンジ》と食堂の仕切りになっていて、ラウンジにあるものすべてに木綿更紗の覆いが掛かっています。全員着席しているのをみると私たちは定刻に到着したのです。私はアナ・ヴェルツともうひとりの婦人のあいだに坐りました。私たちはフランス窓を背にして一列に坐ったので、閉所恐怖症に陥ったような気がしました。

一、二日間は八人の新しい仲間の性格が正確に把握できませんでした。彼女たちはそれぞれまったくちがってはいるのですが、ひとを識別するには時間がかかるのです。最初一瞥《いちべつ》しただけで私はガンビット博士をまじまじと見ることはやめました、失礼だと思ったのです。彼はテーブルの上座に坐っていましたが、それは当然でしょう、男性は彼しかいないからです。

☆

第一印象は禿げで、ほとんど丸禿げで、とても肉づきがよく神経質だということでした。眼がはっきり見えないほど分厚い眼鏡をかけていました。その奥の眼をやっと覗きこんだとき、彼の睫《まつげ》がこの類の顔には不釣合いなほど濃くて、穏やかな緑色の眼をしているのに気づきました。まるで子供の眼のようです。ものを見ない眼でした。あまりにも強度の近眼のために、どちらにしろ見えるものはあまりないのでしょう、哀れな男です。

割り当てられたイチゴジャムと二枚のパンの前に坐るや否や、アナ・ヴェルツはすぐに何かを始めました、スピーチだったのかもしれません。

「静かに、アナ・ヴェルツさん、静粛に」。ガンビット博士が鼻にかかったよく通る声であまりにも唐突に言ったので、私はスプーンを落としてしまいました。耳ラッパをつけていなくても彼の声は聞こえたでしょう。

「今日私たちのささやかな社会に新メンバーが加わったのを機会に、光明園の基本的信条を述べたいと思います。あなた方の大半はここにしばらく在籍されたので、私たちの目的を完全にご存知でしょう。私たちはキリスト教の内なる意味に従って主の教えの根本を理解しようと努めています。あなた方は私が繰り返し述べるのを何度となく聞かれたはずです、しかし私たちは真にこの神の御わざの意味を理解しているのでしょうか? それは御《み》わざであり、そうあり続けるのです。真実のほんの微かな光を掴み始めるまでに、私たちは何年も努力しなければならないのであり、最初の報いがあるまでに繰り返し希望を失わなければならないのです」。

彼に少し外国訛りがあるのに気づきましたが、どこのものかは判別できませんでした。にもかかわらず彼の鼻にかかった声はサイレンのように聞こえました。彼は全員に敬意の念を抱かせようとしているようでした、老婆たちは揃って食物を噛み砕きながら真面目な顔で皿を見つめていました。

彼が喋っているあいだに私は目前の壁にかかっている大きな油絵を注意して見ることができました。その絵はとても奇妙で悪意のある顔の尼僧を描いたものでした。

「単純明快かつこのうえなく難解ではありますが、これらの信条は私たちの教義の核であります」。ガンビット博士は続けました。「内なるキリスト教を理解する鍵となるささやかな言葉はこれです。自己省察、みなさん、これが日常活動でつねに念頭におかなければならない言葉であります」。

油絵の尼僧の顔にとても不自然に照明があたっていたので、こともあろうに彼女がウインクしているように見えました。彼女は片目が見えなかったのにちがいなく、画家は彼女の弱点をリアルに描いたのです。にもかかわらず彼女がウインクしているという考えは消えません、驚くほど嘲《あなど》りと憎悪を交えて私にウインクしていたのです。

「しかしながら、自己省察を行うことによって」、と博士は続けました。「私たちは陰気な狂信者になってはなりません。自己省察を行いつつ同時に優秀かつ陽気な仲間になりうるのです」。陽気なガンビット博士の姿を想像するとなんだか恐ろしくなり、そのイメージを追い払おうとアナ・ヴェルツをそっとうかがいました。彼女は自分の皿を見つめていましたが、激怒しているようでした。

ひとりか二人婦人がガンビット博士に質問をするので、私は恐る恐る耳ラッパをつけました、それによってみんなにはさも私が知的興味をもっているように見えたでしょう。最初は小さな縞のブラウスと男性用チョッキを着て髪を男のようにカットした婦人でした。のちに彼女がクロード・ラ・シュ

☆

シュレルという名のフランス人侯爵だと知りました。これに私は深く感動しました、本物の貴族に会ったことは二、三度しかないのです。

「蛇と階段ゲームをしているときにも、私たちは自己省察をすべきでしょうか？」彼女は尋ねました。

「いついかなる場合にも、気晴らしの途中でも自己省察は怠ってはなりません」、博士は答えました。彼の眼鏡が私の耳ラッパに鋭く注がれるのがわかりました。

薄くなった髪の毛を逆立てた小柄な婦人が不安げな表情で次に尋ねました。自分の狼狽《ろうばい》を懸命に押さえようとしているのがわかりました。「あの、博士、私は必死で努力しているのですが、自己省察をいつも忘れてしまうのです、非常につらいことですわ」。

「あなたがご自分の性格的欠陥にお気づきだというその事実こそが大切なのです」、博士は言いました。「私たちが自己省察を実践するのは、自分の性格を冷静に観察するためなのですから」。

「それでは、自己完成をめざして真剣に頑張ってみますわ。私とても脆《もろ》い人間だとわかっていますけれど」。そう言う彼女の表情はとても楽しそうに見えました。彼女が首に青い蝶結びのリボンがついたピンクのブラウスを着ているのを見て、自分で縫ったのかしらと私は思いました。いつも洋裁ができるひとを尊敬しているのです。カルメラは針仕事がすばらしく上手でした。でもいまはカルメラを思い出している場合ではありません。

☆

全員がテーブルを離れました。私が最後のパン切れを飲みこもうとしていると、フランス人侯爵が自己紹介をしました。「クロード・ラ・シュシュレルです」。彼女は気さくに友情をこめて手を差し伸べながら言いました。

もし彼女が侯爵だと知っていたら、口に食物を詰めこんでいるのに狼狽したでしょう、でもそのときは知らなかったので、パンを喉に詰まらせないように呑みこむと、「はじめまして」、と丁寧に挨拶しました。

「あなたに」、彼女は私の腕を握り締めて言いました。「われわれが一九四一年に、アフリカでドイツ軍を撃退したようすをお話しますわ。ずいぶん前になるけれど、記憶にはまだ生々しく残っていますのよ」

ともかくお定まりのお茶の集まりはこんなふうでした。習慣や規則を破るような真似をするひとはいなかったのです。

三日後に私は初めてガンビット博士に単独で面接されました。それまでに仲間の性格がわかり始めて知りあいも少しできました。入居者は九名、七〇歳以上一〇〇歳未満というわけです。最年長は九九歳のヴェロニカ・アダムズ。昔は画家で、いまはまったく目が見えないのですが、それでも水彩画を描き続けています。自分のしていることがまったく見えないという事実をものともせず、彼女は割り当てられた粗雑なトイレットペーパーに大作を描き続けています。このやり方では一日一メートル描いたとわかるし、前の日に描いた個所につねに上塗りすることもありません。

年齢順にいえばヴェロニカの次はクリスタベル・バーンズ、ヒョルヒーナ・サイクス、ナターチャ・ゴンサレス、クロード・ラ・シュシュレル(すでにふれた侯爵です)、モード・ウイルキンズ、ヴェラ・ヴァン・トホト、それにアナ・ヴェルツです。

☆

私たちの日常の行動を監督するのはガンビット夫人ですが、夫人はたいてい偏頭痛で臥せっているので、私たちはやりたいようにやっていました。しかし彼女が現れると、とたんに雰囲気が緊張するのがわかりました。彼女は微笑を絶やさないのですが、みんな彼女を恐れていました。

城館に住んでいるのはガンビット夫妻と三人のメイドだけでした。私たちは全員バンガローと呼ばれる小屋を割り当てられています。城の塔に誰が住んでいるのかわからないままに数週間が過ぎ、小屋に住む友人たちのことはわかってきました。城の塔の住民はわからないままです。

最初訪れたときに驚いたのですが、ヴェロニカ・アダムズは長靴型の小屋に住んでいました。アナ・ヴェルツはスイス風の屋根の突きでた田舎家に住んでいて、よく見ると鳩時計だとわかりました。もちろん本物の鳩時計ではないのですが、屋根の下の窓から鉛の鳥がのぞいています。窓はほんものではなくて壁に作られた模型で、覗きこむこともそこから眺めることもできません。侯爵夫人は黄色い斑点のある赤い毒キノコに住んでいました。出入りには小さな梯子を使わなければならず、不便にちがいありません。

モードは、私が最初のお茶の会合の折にふれた女性で、茶色の型紙からだと思うのですがとても上手に自分の服を縫っています。二人用バンガローをヴェラ・ヴァン・トホトと共有しています。それは以前はバースディケーキの形をしていたのでしょう。ピンクと白に塗られていたのが、夏の雨で色褪せています。屋根にはセメントの炎のついたセメントの蝋燭がたっているのですが、最初見たときは黄色の炎が暗い緑に変色していて蝋燭だと気づきませんでした。バースディケーキの小屋は時を経て渋くなったのでしょう、もとの色に塗り直されなければいいのですが。

☆

ヒョルヒーナ・サイクスはサーカスのテントに、というよりは赤と白の縞のついたコンクリートのテントに住んでいました。「　てショ　を　で　さい」と扉に書いてあって、私は長いあいだそれが謎めいた外国語だと思っていました。実際には「入ってショーを楽しんでください」と書いてあったのが、時を経るにつれて剥落し蔦《ツタ》に絡まれて解読不能になっていただけです。

ナターチャ・ゴンサレスが住んでいるのはエスキモーの家《イグルー》でした。

庭には天気のいい日に坐れるようにコンクリートの椅子がたくさん置かれていました。もちろん時間の大半をそこに坐って過ごしていたわけではありません。私たちには庭仕事や料理のようにいつもしなければならない家事が山積みでした。

私が好きなのはみんなが蜜蜂の池と呼んでいる場所でした。そこは澱んだ水一面に睡蓮が生えている泉で、壁に囲まれていて白いきれいなゼラニウムやバラやジャスミンが茂っています。この奥まった場所は何千匹という蜜蜂の繁殖地で、暖かい日には終日ぶんぶんと飛びまわっています。

午前中の忙しいときに、アナ・ヴェルツがしばしば鳩時計の外でデッキチェアに横になって太陽を浴びているのに気づきました。デッキチェアは光明園ではほかに見当たりません。それに横になっていないときは、どこかの小屋の入り口近くで立ち話をしています。これに苛立っているひともいましたが、私は慣れっこになりました。

あれは二日目の午後でしたが、というのはのちに時間の観念がなくなってしまうのです、私はヒョルヒーナ・サイクスの訪問をうけました。そのときには名前を知らなかったのですが、背の高さから彼女だとわかりました。抜きんでて長身で、粋な服をしゃれた自然さで着こなし、思わず見とれてしまうのです。その日だったと思うのですが、黒い長い着物に赤いズボンをはいていました。中国ふうです。とてもエレガントだと思いました。少なくなった髪を長めにカットして肩のあたりでカジュアルに内巻きにし、小さな禿げを上手に隠しています。下瞼が藤色に垂れ下がる前は彼女の目は大きくて美しかったにちがいありません。それでも瞼の周りに乱雑にたっぷりとマスカラを塗って際立たせた目は、まだかなり大胆さを残していました。

「ここにいるとくさくさするわ」。耳ラッパをつけるとヒョルヒーナがこう言うのが聞えました。

「あのガンビットの牝犬がじゃがいもの皮をむけと言うし、マニキュアを塗ったばかりの手じゃ調理場のものをちょろまかすことはできないしさ」。驚いたことに彼女は大きな骨ばった指先に真っ赤なマニキュアをしていたのです。

「ガンビット夫人はとても優しくみえますが」、私は言いました。「いつも微笑していますしね」。

「あの女のことはレイチェル・リクタスと呼んでいるのさ、みんなね」。ヒョルヒーナはタバコの火をテーブルでもみ消しながら言いました。「名はレイチェル、薄ら笑いはリクタスさ。危険で恐ろしい女よ」。

「どんなふうに危険なのですか?」　私の心はまだ見ぬ火葬場に戻っていきました。また心配になってきました。ガンビット夫人は光明園収容者を罰する役目を果たしているのでしょうか。

「博士のせいでとことん私を憎んでいるのさ。奴はすけべで食事のあいだ私を目で舐めまわすものだから、レイチェル・リクタスは怒りにのたうっているわけ。食事しながらあの下司《げす》野郎の目が私をむさぶり食うのを、私に止めさせることができる?」　ヒョルヒーナは陽気に高笑いをしながら、も

☆

う一本タバコに火をつけました。「なんだかんだと口実をつけては、寝室に誘いこもうという魂胆なのさ」。

これは変な話でした。ガンビット博士は中年で、ヒョルヒーナより少なくとも四〇歳は年下なのです。しかし人間性とはわからないもので、これまでに私はどれほどふつうには考えられないことに遭遇してきたか数えあげればきりがありません。

「博士の専門分野は何ですか？」驚くのは失礼でしょうから、私は平静を装って尋ねました。

「ガンビットは神聖心理学者さ」、ヒョルヒーナは答えました。「その結果聖なる理性概念が生じるわけ、フロイト派が心霊術でテーブルを動かすようなものよ。むかつくし地獄のようにいかさまさ。全員がここから出て行くようなことになれば、奴などただちに窮地に陥ってしまうだけよ。なにしろここでは雄は奴だけだから。ここの女たちはみな厄介な代物だよ。ここには叫びだしたくなるほど卵巣が渦巻いているからね。蜜蜂の巣に住んでいるようなものさ」。

ガンビット夫人がじゃがいものバケツを持って戸口に現れたので、話はそこで中断しました。彼女に話を聞かれたのではないかと私は心配でした。

「ここに朝の仕事から逃げているひとが二人いますね」。ガンビット夫人は額に片手を当ててこう言いましたが、そのようすは苦悶しているようでした。「あなた方が坐りこんで噂話に興じているあいだに、私ひとりで片づけようと思えばできるのですよ。何だってできないことはありません。でもあなたたちによかれと思えばこそ、怠惰の習慣を許すわけにはいきません。あなたたちに残されている数少ない魂を救う機会を奪うことになるのですから。もっとも忍耐と勤労によって魂となりうるもの

☆

と言い換えてもよろしいですが。あなた方の大半が不滅の自我の代わりにしようとしている不安定な感情に、この高貴な称号を与えることはできませんから」。

苦しげに微笑むと彼女は調理場のほうに向きを変えました。ヒョルヒーナはその後姿に舌を出しました。とはいえ私たちは立ちあがると、小声で天気の話をしながら夫人の後を追いました。

「今日の午後五時に作業場で運動があります」、ガンビット夫人は肩越しに言いました。「遅刻するといつものように夕食抜きとなりますからね」。

「運動って何のこと?」 私はヒョルヒーナに尋ねましたが、彼女はしかめ面をしただけでした。私の質問を耳にするとガンビット夫人は足をとめて、じゃがいもを入れたバケツを下に置きました。

「運動の意義は心得ておくほうがよろしいですよ」、彼女は私に言いました。「その意義を理解しない者は内なるキリスト教の真義を理解できないでしょうからね」。

「運動とは過去から優れたひとによって伝統として伝えられてきたものです。それには多くの意義があるのですが、いまはあなたにそれをお話することはできません、まだここにきたばかりですから。でも外在的意義のひとつは、私がオルガンで演奏するさまざまの特殊なリズムに合わせて、肉体の全機能を調和的に発展させることにあります。当初は運動の意義がすぐに把握できるなどと思わないことです。無理なく日々の仕事をしていくように始めればいいのです」。

私はその運動は体操なのでしょうかと聞きたかったけれどやめました。とても不安になりましたが、数回うなずいただけでした。聡明さを印象づけたいと思い、彼女を見ながら一度だけうなずくつもりでした。でも神経質に頭をふり続けてしまい、やっとの思いで止めました。

☆

ヒョルヒーナが肘で押して私に何か言うのですが、耳ラッパを灯台に置き忘れてきたので聞こえません。私はヒョルヒーナが好きになっていました、とても陽気に思えたからです。家族が家に置いておくにはもうろくしすぎたと判断するまでは、彼女は社交界で過ごしていたにちがいありません。とても刺激的で洗練された人生を送ってきたのでしょう。いつかそれを話してくれたらいいなと思いました。そして事実何度か話してくれたのです。

私たちは調理場で、磨きあげた大きなテーブルのまわりに腰かけて野菜の皮を剥《は》いでいました。そこにいない者は屋外で別の仕事をしていたはずです。調理場にいたのはガンビット夫人を含めて五人でした。ヒョルヒーナ、ヴェラ・ヴァン・トホト、ナターチャ・ゴンサレスそれに私です。ヴァン・トホト夫人は、私は「ヴェラ」とファースト・ネームで呼べなかったのですが、とても威厳がありました。肥っていて、というより肥りすぎで顔が両肩幅ほどあるのです。皺くちゃの顔の中央に狡猾そうな目と唇をすぼめた口がついていました。

ナターチャ・ゴンサレスも肥っているのですが、ヴァン・トホト夫人に比べるとかなりやせてみえました。髪は束髪にしていましたが、インディオの血統だからふさふさとしていて、みんなそれを羨んでいました。顔は薄いレモン色で、肝臓の悪さを示しています。腫れぼったい瞼の下の大きな目はスモモのようでした。

全員が手を動かしながら喋っていましたが、彼女たちの話が聞こえないので私はインゲン豆を洗う作業に専念しました。この国のインゲン豆はかなり固くて両側に紐のような筋がついています。一時間ほど働いたときに奇妙なことが起こりました。ナターチャ・ゴンサレスが洗っている野菜を汚水ご

☆

と私の膝に浴びせかけ、ふいに立ちあがったのです。両腕を天に差し伸べ目はとびだしています。二分間ほど硬直していたかと思うと、次の瞬間椅子に倒れこみました。両眼を閉じ、頭は前に傾《かし》いでいます。

「聞こえているのよ」、ヒョルヒーナが私の耳元で叫びました。「こんな状態のときには体に聖痕が現れ、復活祭に供する生贄《いけにえ》の家畜として肥育されているのだと思っているのよ」。失神していながらも、何かの声を聞いているかのように彼女は唇を引きつらせました。ヴァン・トホト夫人は怒りの形相でヒョルヒーナを睨むと、立ちあがりナターチャの頭に皿拭き用の濡《ぬ》れ布巾《ぶきん》をかぶせました。ガンビット夫人が何か言ったのですが、私には聞こえません。彼女にはさほど興味がなさそうでした。

やがて私たちはまた野菜の皮むき作業を始めました。時計が十二時を打ったとき、全員が昼食前の散歩に庭に出ました。私は大きな鍋の水を膝に浴びせられてびしょ濡れなので着替えに行きました。風邪をひきたくなかったのです。アナ・ヴェルツはデッキチェアに気持よさそうに体を伸ばして独り言をいっているようでした。

その午後私は運動に遅れないように五時かっきりに作業場に行きました。壁ぎわに椅子が並べられ、オルガンがあるだけです。全員が黙ったまま坐っていると、ガンビット夫人が現れてオルガンのそばに立ちました。私は聞き漏らさないように耳ラッパを持参しました。とても不安だったのです。

「今日は初級ゼロからやり直しましょう」。片手で額を撫でながらガンビット夫人は言いました。「新しく参加された方で神の御わざの経験のない方がおられるのです。その方のために初級ゼロがどういうものなのか説明しましょう」。そこで間を置くと精神を集中させようとしているらしく彼女はしばらく床を眺めました。それから一方の手で時計の針まわりに腹を撫で、片方の手で頭のてっぺんを叩き始めました。子供の頃保育室でやったことがあるのでほっとしながら、私は楽々とガンビット夫人の動作を真似ました。簡単に手本を示すと、彼女はオルガンの前に坐って、華奢《きゃしゃ》な体格のひとには珍しいエネルギーで弾き始めました。両腕、両肘、両肩を持ちあげるだけでなく、まるで機械じかけの馬に乗っているように椅子のうえで飛びはねるのです。全員が腹のうえで十回ごとに手を換えてこの運動を続けました。それほど激しくはなかったけれど、「休め」と言われたときにはほっとしました。

ガンビット夫人は椅子に坐ると振りむいて、私に呼びかけましたが、私はまだ耳ラッパをつけていませんでした。私が「え？　え？」と言うと彼女は繰り返しました。「マリアン・レザビーさん、最初の動作は左回りではありません。モード・ウイルキンズさんをよくご覧なさい。ウイルキンズさんはほとんどの演技をうまくこなせますからね」。

私たちは同じ演技を四回繰り返しましたが、その度にオルガンの音は高くなっていきました。「では全員立ちあがって四番と五番を練習しましょう。マリアン・レザビーさん、私のそばでみなさんの演技を見てください。次から参加できますからね」。

言われたとおり私は彼女のそばに行きました。全員が私には到底真似できないような演技を始めました。わかったのは、彼女たちがコウノトリのように片足でやっとこさぐらぐらしながら立っているポーズだけです。その後は一連の反射運動が続き、両腕を四方に振りあげ首が折れそうなほど頭をねじって向きを変えます。そのとき恐ろしいことが私に起こりました。狂ったように笑いだして止まら

☆

なくなったのです。涙が頬をつたい、私は口を手で覆いました。みんなに笑っているのではなく秘密の悲しみで涙を流しているのだと思って欲しかったのです。

ガンビット夫人がオルガンの演奏を止めました。「レザビーさん、自分の感情をコントロールできないのなら、この部屋から出ていってくれませんか」。

外に出て近くのベンチに坐ると私は笑いころげました。もちろんこの振舞いは礼儀を失してはいるのですが、どうすることもできません。若い頃にも私はしばしば狂ったように笑いの発作に襲われました。それも決まって人前でのことなのです。一度友人のマールボロウに伴われて行った劇場で、危うく外に連れだされそうになったのを憶えています。フロックコートを着た男がとても劇的に詩を朗読し始めたときでした。神経のけいれんだったのか詩がおかしかったのかいまでは思い出せません。この発作に襲われるとき、決まってそばにいるのがマールボロウのようで、彼はマリアンの気狂い笑いと楽しそうに呼んでいました。彼はいつも私が注目の的になっているのが好きでした。マールボロウはヴェニスで楽しく過ごしているでしょうか？　おそらくびっこの妹さんと一緒に、いつもゴンドラに乗って楽しんでいるのでしょう。また妹さんの話になるのですが、いったい彼女の何が変だというのでしょう？　三〇年のマールボロウとの友情にもかかわらず、私は彼女のスナップ写真すら見たことがないのです。きっとショッキングなことがあるのでしょう、頭が二つあるのでしょうか？　その場合には妹さんをゴンドラから一歩も連れだせないでしょう、たぶん彼女は紗《しゃ》のカーテンの陰に坐っているのでしょうか。厚地の紗かそれとも目の粗い薄地の綿のカーテンかに。

マールボロウは貴族の家系に生まれました。そのため彼にはその階級出身の例に漏れず風変わりな要素がないわけではありません。私の家系は貴族ではなく祖母は気狂いでした。でも牛にも貴族階級というのがあるのでしょうか？　双頭の仔牛は縁日でよく目にしたのですが。

こんなことを考えていると、ヴァン・トホト夫人が私のところにやってきてどっしりと腰を下ろしました。体操をしてきたために彼女はまだ荒い息をしていました。

「マールボロウが双頭の妹さんとゴンドラに乗っていて、誰かがオー・ソレ・ミオを歌っているわ」、そう言いかけて私はあわてて中断しました。自分の考えを大声で口にする癖をなんとしても直さなければなりません。でもそのイメージはとても鮮明だったので、私には妹の二つの頭がゴンドラのレモン色の粗い木綿のカーテンを通して見えました。ヴァン・トホト夫人は私の言葉を無視して共謀者の雰囲気で私にもたれかかってきたので、私は耳ラッパをつけにくくて困りました。

「あなたの人生の悲劇を私に打ち明けてもいいのですよ」、荒い息であえぎながら彼女は言いました。「光明を見出すまでは、私たちはみんな人生の途上でそれぞれの試練と悲しみを背負っているものよ」。

「ええ、私にも試練があるのです」。ミューリエルとロバートについて愚痴ろうと私は答えました。これは気晴らしになったでしょうが、テレビの話を始めたとき、彼女はもどかしそうに遮りました。

「ええ、よくわかりますよ。これまでも特殊な観察眼のおかげで人間の心のあらゆる邪悪な暗闇を探索してきたのですもの。私はゴンサレス夫人、というよりナターチャのように幻視家ではありません。あのナターチャほどにはね。でも私には霊的透視力というものが備わっていて、お仲間を助け慰めることはできるのですよ。私のささやかなやり方で多くの迷える魂を光明へと導いてきました。でも私の透視力などナターチャのすばらしい能力に比べたら無に等しいものですわ。彼女は支配されているのです。おわかりかしら、霊的支配を受けるなどよほどの天分に恵まれていなければできるものではありません。ナターチャは純粋の器であって、彼女を通して見えない力が私たちに語りかけるのです。『私ではなくて、私の内で力をふるう何かなの』、ナターチャはいつもこう言っています。とても謙虚で純粋なのですよ。まるで『われにはあらず、天にましますわが父なり』という言葉で奇跡を行った主イエス・キリストのようですわ」。

彼女が一息ついたところで、私は急いでロバートとテレビの話に戻ろうとしました。「孫のロバートは」、私は切り出しました。「嫌なことにやたらテレビが好きでしてね。ロバートがその恐ろしい装置を家に取りつけるまでは、夕食後に居間に坐ってお伽噺やこれまでの人生で起こったことをみんなに楽しく話してあげたものです。いつでも面白い話ができるのが私の自慢の種でしてね。もちろん下品な話ではなくて、機知に富んだぴりっとした話ですよ。それでもリューマチがひどくないときのことで、リューマチが痛むともちろんおかしな話などできません。ところが嫁のミューリエルときたら、リューマチに同情してくれるどころか、賎しいほどチョコレート好きでしてね、それにいつもこそこそ隠すのです、ほんとうに嫌な性格でして。ガラハッドはなぜミューリエルのような女と結婚したのかとつくづく考えてしまいます」。

愚痴を言うと楽しくなってきたのですが、ヴァン・トホト夫人はすぐに横柄な身振りで私を遮りました。「何ごとにおいても自慢はいけませんよ。笑い話のような些細なことでも、それが自己愛の源として用いられると、精神の疫病となるのです。謙虚は光の泉です。高慢は魂の病です。たくさんの

☆

ひとが私のもとに、忠告と心の慰めを求めてやってきます。彼女たちの頭に両手をおき、心の不安を和らげ愛と光で満たしてあげながら、いつもこう言うのです。『何よりも謙虚でありなさい。溢れた杯にはなにも受け入れることはできません』とね」。

彼女は私の耳元近くに坐っていたので、息が苦しくなりそうでした。でもミューリエルについてもっと話しかったのです。「嫁はね、ロバートが家にテレビを持ちこんでから、ブリッジ・パーティを始めたのです。私の頃にはブリッジでしたが、今ではカナスタと呼ばれています。この馬鹿げたゲームに仲間を集めると、私を居間から追いだすのですよ。それでも初日の夜は自室に引きこもるのを断固拒否して、十四羽のオウムの話をしてやりましたよ。六羽までは忘れずにしっかりと結末をつけ加えましてね」。

彼女がオウムの話をひとつ聞きたいというのを期待して、『ヨークシャー・オウム物語』をしてやろうと考えました。そのとき彼女が言いました。「毎週水曜日の夜にナターチャがバンガローで小グループの集まりをします。あなたも参加なされば精神的にすばらしい恩恵を受けますよ。メンバーはナターチャとモードとあなたと私だけで、とてもなごやかで親密な雰囲気です。不可視の偉大な存在から私たちひとりひとりに送られてくるメッセージをナターチャが伝えてくれます、私たちは小さなテーブルで手を握りあってお互いの波動を交換しあうのです。ときに天界から送られてくるものの具体的な徴《しるし》を目にすることもできますよ」。

私がオウムの物語を始めようとすると、彼女はベンチから立ちあがって言いました。「では水曜夜八時半に私のバンガローでお会いしましょう。このことはガンビット夫人には話さないように。夫人

☆

は精神的に傲慢だし、ナターチャのすばらしい能力に嫉妬してもいますからね。それだけでなくて霊的エネルギーを集中させるために私たちは集まりを秘密にしているのです」。

こんな神秘的な言葉を残して、彼女は重そうな足取りで去っていきました。私は『ヨークシャー・オウム』の結末を思い出そうとしました。そのとき突然アナ・ヴェルツの姿が小道に見えたので、私は立ちあがり見えなかったふりをして自分のバンガローに向かいました。でもアナの足取りは私より早く、すぐに追いついてきました。べつに夜の外気を楽しむ邪魔にはならず、耳ラッパもつけていないので、彼女の声ははるか彼方のフットボール場に響く観衆のざわめきのようでした。彼女のお喋りの相手をすることもなく、私は金星が木々のうえで輝いているのを見て嬉しくなりました。どれほどこの明るい惑星を愛しているのかアナに話したいと思ったのですが、的外れでしょう。彼女は不機嫌そうでした。またひどい重労働でもしていたのでしょう。どんな重労働なのかわからないのですが。

自分の言いたいことに無条件に耳を傾けてくれるひとが数人、いえひとりでもいたらどんなに嬉しいことでしょう。私のオウムの話に感動して何時間も耳を傾けてくれる聴衆を私は想像しました。話を中断するひとも欠伸《あくび》するひともいなくて、私は話し続けます。ミューリエルとロバートがどれほど私を不当に扱ってきたか、強い男だったガラハッドがいつのまにかミューリエルの尻に敷かれていったことも話し続けます。たわいないことだと言われるかもしれません。でもそれは誰にも制止されずに話し続けられるひとの言うことです。そういうひとたちは話せる喜びにそれほど興味を抱かずにいられます。ゴンサレス夫人のように霊的訪れがある場合は、ひとの興味を引くこともあるでしょう。とくに霊的存在と話ができると言えばなおさらです。そこに秘密をとく鍵があると思います。ひとは

☆

自分に関することだけが好きなので、この法則に関しては私も例外ではありません。

私たちはみんなひとに好かれたいと願っています。でもそのためには自分のことを話題にせずに相手について話さなくてはなりません。お茶にフランス菓子が出るのでもなければ、相手のことを話題にして招待客が楽しんでいるのかどうか疑わしいものです。もしとても興味のあるひとが招かれて、その人物が甘口ワインを所望すれば、お茶の代わりに甘口ワインが出されるかもしれません。もし興味ある人物というのが私で、その私が自分のことではなく他人の話をするなら、そのときにはお茶の代わりにワインが出されるかもしれません。

私は深紅のカーテンが掛かった暖かい応接間にいて、楽しそうで信用のおけるでもどこかぼんやりした顔に囲まれて坐っていました。芳醇なポルトガル・ワインをグラスで何杯も何杯も飲み、ときに小さなフランスのエクレアを流しこみました。みんなますます陽気になり、私が灯台の家に着いたときには笑い声が聞こえてきました。アナ・ヴェルツの姿は見当たりませんでした。私が彼女の話に注意を払っていないのがわかっていたのでしょう。かわいそうなアナ、誰も彼女の話を聞こうとしないのですから。

金星が木々のうえできらめき、夕食どきになっていました。私は夕食においしいゆで卵を想像していましたが、残念ながら食卓に出されたものは何でも食べなければなりません。ガンビット博士は私が肉を食べないのを認めてくれたのですが、だからといってその代わりに野菜を二人分もらえるわけではなく、ときどき私は空腹のままテーブルを離れることになりました。博士は年をとれば多量に食べる必要はなく、食べすぎは老人の寿命を縮めると言うのです。たぶんそうでしょうが、老人という

☆

もの食事が無上の楽しみでもあるのです。

ガンビット博士とヴァン・トホト夫人はなぜつましい食事でなぜあれほど肥っていられるのでしょう。自室で何かこっそり食べているのでしょうか、ヴァン・トホト夫人がどこで余分の食べ物をくすねているかは謎ですが。調理場ではガンビット夫人がオオヤマネコのようにいつも目を光らせているし、貯蔵庫にはしっかり鍵がかかっているのですから。

これについてはヒョルヒーナの意見を聞いてみようと思いました、たいていのことは彼女は知っているようでしたから。さらにヒョルヒーナの意見を聞きたい思った重要な問題は、食事どきに私の正面にかかっている尼僧の肖像でした。食事中にガンビット博士は私には理解できない抽象的な話を長々とします。博士が喋っているあいだ私はウインクする尼僧をじっくりと眺められます。時間がたつにつれて私の興味はますます膨らんでいきました。ヒョルヒーナは教養があるし、しばしば彼女に惚れこんだ有名な画家たちについて話していたからです。自分の興味が純粋に芸術的なものだというふりをして、私は絵について尋ねました。

「スルバラン[＊スペイン人画家 1598–1664]派の画家かもしれないわね」。彼女は言いましたが、珍しく考え深げに見えました。「おそらく一八世紀後半に描かれたはずよ。画家はもちろんスペイン人、イタリア人ならあんなに魅惑的でいて忌まわしくは描けなかったはず。知られざる巨匠の手による、流し目の尼僧というわけ」。

「誰かにウインクしているのかしら、それとも片目が悪いのかしら?」 絵の婦人の個人的なことをもっと知りたくてヒョルヒーナに尋ねました。

☆

「もちろんウインクしているのよ。たぶんあの年とったすけべ女は壁穴から修道士たちを覗き見しているのだろうよ、半ズボンで歩きまわる修道士たちをさ」。ヒョルヒーナの解釈ははっきりしていました。「すばらしい絵よね」、彼女は続けました。「悪趣味だらけの家具の中にガンビット夫婦がよくあれを掛けたものね。この家のものは遠の昔に全部焼却すべきだったのさ、あの色目づかいの尼僧院長の絵以外は」。

たしかにその絵には独特の魅力があります。私はヒョルヒーナもそれに惹かれていたので嬉しくなりました。彼女の教養は本物です、貴族的と言ってもいいほどです。

流し目の尼僧院長になぜこれほど心魅かれるのか考えてみると不思議です。私はすでに名前までつけていました、自分だけの呼び名です。ドニャ・ロサリンダ・アルバレス・デ・ラ・クエバという長い素敵な名前で、スペイン語流です。カスティーリャ「＊スペイン中央部、北部にまたがる地方」の寂しい荒涼とした山上に立つバロック様式の大尼僧院の院長が心に浮かんできます。修道院はエル・コンベント・デ・サンタ・バルバラ・デ・タルタルス「＊地獄」と呼ばれ、髭のはえたリンボ「＊天国と地獄の中間に位置し、キリスト教に接する機会のなかった小児や異教徒の霊魂が留まる」の守護聖女が冥界の地で洗礼をうけていない子供たちと遊ぶと言われます。なぜこんな空想が私の心に浮かんだのでしょう、でもこうした想像は楽しいものです、とくに眠れない夜には。老人というものはやたらに眠れるものではありません。

「ほんとうに」、ヒョルヒーナは言いました。「スペイン人画家は黒い服の襞の陰影のつけ方をよく心得ていたのね。こんなすばらしく気のめいるような黒はどこの国でも描けないよ。あの老婦人の服は蘭の花びらの手触りをしたリンボの暗闇の色だね。惚れ惚れするね。白い糊のきいたフリルに囲まれたあの顔、満月のように青白く輝いて、ひとを幻惑するわね」。ヒョルヒーナは私よりたしかな洞察力でウインクする尼僧院長のことを見ているようでした。

光明園に入居して三日たってから、私はガンビット博士の最初の個人面接を受けました。「マリアン・レザビーさん、午後六時に私のオフィスに来てください。精神科医L・ガンビット」、というメッセージを記した小さな薄いピンクのメモ用紙で彼のオフィスに呼びだされました。

彼のオフィス、というより書斎は本館の一階にありました。円形のバルコニーに面した小さな部屋からは芝生と糸杉が見え、そこから西翼に通じています。部屋には息苦しいほど骨董品や重々しい家具が備えつけられています。本、雑誌、真鍮の仏像や大理石のキリスト像、様々な考古学上の寄集め、万年筆やあらゆる類の小物がところ狭しと置かれています。ガンビット博士は部屋の半分を占める巨大なマホガニーの机の向こうに坐っていました。専門家ぶった物腰で坐るように命じるのですが、空場所を見つけるのにひと苦労でした。

「数週間、いや数年で神の御わざから実りを得られると期待してはなりません」、ガンビット博士は言いました。「むしろ努力をこそ望むべきです。この施設は神の御わざに人々を導く目的で設立されました。キリスト教精神に導くためです。私たちは人生で現実の悲しみや苦難を経験してきた人々のなかから、主旨に合うひとを選んで施設に入会を許しています。生存に失望し、時間と挫折によって感情的絆が弱まっていくひとのなかからです。この状態こそが新たな真理に至る魂の扉を開くのに相応《ふさわ》しいからです」。

彼は厳しい表情で私を見つめましたが、神経質になっているときの癖で私はうなずくだけでした。

☆

ノートに何か書き記してから彼は続けました。「この施設の全メンバーが厳しく監督され管理されるのは主の救いが得られんがためです。ひとりひとりの協力と努力なしにはいかなる主の救いの手も差し伸べられることはないのです。あなたに関する報告によると以下の不純な心が枚挙されています。大食い、不正直、エゴイズム、怠惰、虚栄。トップにある大食いは他に抜きんでた情熱です。あなたが短期間にこれほど多くの魂の障害を克服することは不可能です。堕落した習慣の犠牲者はあなただけではありません、誰しも欠点はあるのです。だからこそ、私たちは欠点を観察し、客観的知識良心の光のもとに欠点を暴き、最終的にそれを消滅させるよう努力するのです」。

「事実選ばれてあなたはこの施設に入会したのですから、ご自身の悪徳に敢然と立ち向かい悪徳の影響を減じさせることがあなたには可能だと言えるのですよ」。

この説教にはいささか戸惑いました、腹立たしかったとも言えます。ぼそぼそ呟いて考えをまとめると私は言いました。「ガンビット博士、この施設の主旨に適うように誰かが私を選んで入会させたとお考えなら、それはお門《かど》ちがいです。殺すには良心が咎めるものだから、家族は私を追い払おうとここに送りこんだだけです。嫁のミューリエルがこの施設を選んだのは、ここが彼女とガラハッドの生活力で送りこめる唯一のもうろく老女収容施設だっただけです。この塀のなかで私の言い分を聞いてくれる者がいたとは思われませんが、なぜあなたは私が選ばれて入会したなどと言われるのでしょうか？」

「予想もできず、すぐには理解できないこともあるのですよ」、博士はもったいぶって言いました。

「誠心誠意日々の努めを果たすよう努めるのです。無自覚な行動をやめ自分を律しうるようになる

☆

までは、神の計らいと神秘を理解しようとしてはいけません。習慣的行動は悪徳と同義です。習慣的行動の奴隷になっているかぎりは悪徳の奴隷です。あなたはまずカリフラワーを絶つことから始めなさい。あなたはこの野菜が大の好物ですね、あなたを支配する情熱は大食いです」。

朝調理場で雑役中にゆでた小さなカリフラワーを盗み食いしたのをガンビッド夫人が見ていたのにちがいありません。もっと用心しなくてはと思いながら、私はうなずきました。

「あなたがすでにご自分の不完全な人格に対決しておられるのを見て嬉しく頼もしく思います」、ガンビット博士は言いました。「人格とは吸血鬼であり、真の自我は人格が吸血鬼のようにとりついているかぎりは現れないのです」。

私はこう言ってやりたかったのです。「ええ、すべておっしゃるとおりでしょうが、でも私よりずっと肥っていらっしゃるあなたがなぜ私の大食いを非難できるのですか?」　私はもぐもぐ呟いただけなので、彼は私が精神的助言を求めたのだと勘ちがいしたようでした。

「挫けてはいけませんよ」、彼は言いました。「努力とはつねに報いを断念したときに報いられるものです。大食いの罪があなたの気性に深く根づいていても、それを破壊的成長だと自覚しているかぎり除去することができますよ、歯科医が虫歯を抜くようなものです」。

これほど肥っている人間は、少なくとも、私同様に大食いなのではないでしょうか?　それとも内分泌腺がおかしいのでしょうか?　肥った人間はひとより大食いにもかかわらず、いつも内分泌腺に問題があるのだと言います、ミューリエルのようにです。彼女は絶え間なくチョコレートを頬張っていて誰にも分けてはくれません。

☆

要するに大食いの罪に関するこの話はすべて、もうろくした老婆を養う経費を浮かすのに役立つのでしょう。この巨大な机の引出しにはきっと果物の砂糖煮や甘いビスケットやナツメの実のゼリーやキャラメルが詰まっているのです。チーズ・サンドイッチや冷たいローストチキンのような腐り易いものは、いちばん下の引出しの帳簿の下に置き忘れることなどないように、最上段の引出しに入れてあるのでしょう。

「内分泌腺ですって！」私は大声を出しました。「そんな馬鹿げた話は聞いたことがないわ」。

驚いたことにガンビット博士は愉快そうな顔で即答しました。「あなたは自己省察にもっとも重要な実践上の基本原理のひとつを見つけられましたね。内分泌腺およびその機能は物質に対する意思の優位を証明する第一歩なのです」。

「あなたこそ内分泌腺不良ではないのですか！」私は答えたのですが、激怒していたためにいつもよりさらに発音が不明瞭だったらしくて、博士はさらに内分泌腺の観察法について説明し始めたのです。このデブのくだらない馬鹿男があくまで私の問題として内分泌腺を云々するのですから！

部屋が暖かくなってきたので、私はこのあと眠りこんでしまったのにちがいありません。はっとして目が覚めました、ドアが乱暴に開いたのです。幽霊のような服を着たナターチャ・ゴンサレスが入ってきました。長い白い寝間着姿でまだかなり豊かな灰色の鉄のような髪が肩で波打っていました。黄色い顔の両頬には怒りのために紫の斑点がでています。彼女は復讐の女神のようにガンビット博士を指差しました。

「あの女を追い払わないと」、彼女は叫びました。「今夜この施設から出て行くわよ」。

☆

まだ寝りこんでいるふりをして私はそっと左耳に耳ラッパをつけました。ガンビット博士はうろたえて立ちあがると、ペーパーバック小説が散らばっている手近な椅子にゴンサレス夫人を坐らせました。「ナターチャ、落ち着きなさい。あなたの特殊な使命を忘れないように」。そう言うと、彼はタバコに火をつけて彼女の口にくわえさせました。私は片目を開けてすべてを見ていました。ガンビット博士は予想もしなかった態度をナターチャ・ゴンサレスに示したのです。

「親愛なる夫人よ。心の平穏こそ、あなたのすばらしい天賦の才に、あなたが捧げるべき供物なのですぞ。落ち着くのです、ナターチャ」。分厚い眼鏡でじっと彼女を見つめながら彼は繰り返しました。「落ち着いて、ナターチャ、もうあなたは平穏です、完全に、至福にみち心安らかだ」。

ゴンサレス夫人は少し落ち着いたようで、嬉しそうにタバコをふかしました。

「心安らかなのですよ、ナターシャ。あなたはいま心穏やかで、ゆっくりと緊張をほぐしている。さて部屋に入ってきたとき何を言おうとしていたのですか?」

「長身で髭を生やした男から、彼方の偉大な存在から私に託されたメッセージを伝えたかったのです」。彼女の声は夢遊病者の響きを帯びてきました。椅子を握りしめ痙攣し、指関節が白く突きでています。「聳え立つ髭を生やしたお姿が音もなく、私のベッドに滑りこみ、白いバラの冠を手渡されながらこう言われました。『汝はナターチャである。汝、光の泉に私の教えを打ち建てよう。汝に天界のバラを授けよう。汝の清浄な香りは主の花々のように香りたつ。私の名はペテロ、岩である』」。

「ナターチャ、すべてを話しなさい。あなたはいま心安らかで、穏やかで、至福にみち、平穏で、安らかです」。ナターチャの額に人差し指を当てながらガンビット博士は言いました。

☆

「すると」、ナターチャは椅子を握りしめ片目を開けて続けました。「その方はヒョルヒーナ・サイクスにメッセージを伝えよと言われました。もし彼女がガンビット博士と彼女自身について悪質な噂を広め続けるなら、これまでも乏しかった彼女の救いの機会はさらに永遠に失われるであろうと」。

ガンビット博士の顔が不安げに歪むのがわかりました。「どんな噂ですか、ナターチャ？」彼は緊張して尋ね、次には催眠術をかけるようにゆっくりとした話しぶりに変わりました。「ナターチャ、どんな噂ですか？　あなたは至福にみちて、穏やかで、心安らかですよ。さあ、お話しなさい」。

ナターシャは至福にみちて穏やかで心安らかとはほど遠い意地悪な声で答えました。「あの中傷好きの売女婆《ばいたばばあ》の胸糞悪い話を聞けば、驚くでしょうよ。弛んで垂れさがった瞼で色目を使っているのだから」。

ガンビット博士は苛立ってきたようでした。「どんな噂だね、ナターチャ？　答えなさい。あなたはいま落ち着いて心穏やかなのだから。さあ、答えなさい」。

「施設中にあなたが自分を誘惑しようとしている、夜彼女のバンガローに忍びこもうとしたとふれまわっています」。

「途方もない！」　ガンビット博士は激怒しました。「あの女は気狂いだ」。

「ヒョルヒーナ・サイクスは淫売婆よ」。ナターチャは熱に浮かされたように言いました。「彼女のような性の妄想にとりつかれた女は隔離すべきよ。他のメンバーの心に悪影響を与えますからね」。

「すぐに言い聞かせなければならない」、ガンビットは動転して言いました。「これでは施設の評判を落とすことになる！」

☆

「それだけではないわ」、ナターチャは続けました。「私をひどく侮辱したの。もちろん、自分に課された使命と純粋な心でメッセージを伝えようと、私は急いで彼女のバンガローに行きました。『ヒョルヒーナ』、私は穏やかに言いました。『あなたにメッセージがあるの』。彼女は聞くに堪えない言葉で答えました。『もしそれが天からのメッセージというなら、あんたの密かなところに貼りつけるといいさ』。ショックで私の心は痛みましたが、魂の輝きを失わず、彼女のためになることだから聞いてと諭しました。ところが彼女は私を部屋から押しだすと乱暴にドアを閉めました。それでも心に安らぎを秘めながら、私は晴れ晴れと日課の作業にいそしみました。ところが間が悪いことに半時間後フクシア［＊「釣浮草」「貴婦人の耳飾り」などの俗名のあるアカバナ科の植物］の咲く小道でヒョルヒーナに出くわしたのです。私を呼び止めると怒った蛇のように食ってかかるのです。『ナターチャ・ゴンサレス、あんたは哀れむべき偽善者よ。今度汚らわしいメッセージをもってきたら、顔に唾を吐きかけてやる』。これがすべてですわ。あの女の危険な企みや背信行為についてあなたの良心にご報告するのは私の義務です。彼女がここに留まるなら私がここを出ていきます」。

ガンビット博士は自らの至福にみちた平穏さを忘れてしまったようでした。両手を堅く握りしめうろうろ歩きまわりながら言いました。「これは厄介なことになったぞ。ヒョルヒーナ・サイクスは姪が通常の二倍の費用を払ってここに送りこんできた特注だ。朝食の牛肉エキス、週に二度のシーツ交換、マッサージ、就寝前の強壮蛋白。すべてが特別だ。これは参った。妻には相談できないな、この損失の穴埋めに偏頭痛を起こすだろうし、そうなれば数週間は眠れないことになる」。

ナターチャは博士の悩みには関心がないらしく、立ちあがると「私の忠告どおり彼女を追い払うことね。みんなに災いが及びます」、と言い残して出て行きました。

ついに私も立ちあがって部屋を出ました。博士はそれに気づかなかったようです。窓の外をじっと見つめ途方にくれているようすだったので、私はこの哀れな男が気の毒になりました。ガンビット夫人の前で博士がいつも萎縮しているのに気づいていましたが、実際には彼女が恐かったのです。彼女は罰に食事抜きさえできるのです。食料を管理する人物は収容所のような社会では無限の権力を行使できます。ガンビット夫人の専制的調理場支配は不当な権力に思われました。小さな反乱を組織できないものでしょうか。

毎週日曜日の午後は外来者の面会日でした。愛情細やかな親類はピクニックランチを携えて、庭のすみや芝生で食べます。こんな特別の思いやりに浴さない者はランチを食べる者の近くに坐り、よく観察して後であれこれ批判するのです。批判の材料はいつも歓迎されました。ローストチキンやチョコレートケーキのような贅沢な贈りものを受け取っている者はとくに厳密な観察に値するのでした。

ガラハッドとミューリエルが面会に来たのは何週間もたってからでした。二人は五時近くに様々の色をしたキャンディの箱とカルメラの手紙を持って来ました。待ちに待ったカルメラのニュースを手にしてすぐに開封したかったのですが、その気持をじっと抑えて分厚い封筒をポケットに入れました。誰にも邪魔されずに中味を楽しみたかったからです。

ミューリエルは以前にも増して肥り、ガラハッドはかなり疲れているようでした。

「きっと喜んでくださるでしょうけれど、ロバートが婚約しましたの」、ミューリエルは言いました。その声はいつものように不愉快に甲高く、耳を傾けざるをえませんでした。「私たちはとても喜

☆

んでいますわ。ロバートがとても裕福なイギリス人家族の魅力的な娘を選んだのですもの。デヴォンシャーの王室従者の旧家ですわ。ブレイク大佐がフラヴィアとここに滞在されていて、二人は英国クラブ主催の恒例のテニス・トーナメントの折に出会って恋に落ちたのです。とても釣合いのとれた結婚だと思うのです、そうよね、ガラハッド？」

ガラハッドは何か言ったようですが、私の耳には届きませんでした。ヒョルヒーナが思わせぶりのウインクをしてそばを通りすぎました。

「可哀相なお婆さん」。去っていくヒョルヒーナの背を見ながら大声でミューリエルは言いました。

「イカレてしまったのね。もっと似合う服を着せてあげればいいのに」。

ヒョルヒーナが振り返って意地悪な目つきをしました、ミューリエルの話が聞こえたのです。私はこんな鈍感な嫁をもっていることが恥ずかしくなりました。おまけに、ヒョルヒーナを哀れむのは見当はずれで、彼女の優美で意匠をこらした服は私たちの賞賛の的だったのです。

「ロバートもいまでは立派な大人で、妻を娶《めと》るというわけです」。相変わらず甲高い声でミューリエルは続けました。「結婚式は六月です。素敵なニュースでしょう？」

「ロバートのことはどうだっていいの」。私は答えました。「猫はどうしているのかしら？　赤い鶏は？　ロシーナと子供たちは元気かしら？」

「老ベラスケス夫人が猫を貰ってくれましたし、ロシーナは赤い鶏を連れて村に帰りました。ロシーナは横柄になりすぎたので首にしました。ロバートの提案で家は塗り替えました。フィアンセを居心地のよい素敵な家に迎えたがっているのです。いまでは見ちがえるほどです。居間は濃いバラ色

☆

で、台所は海岸景色のブルー。最近は新しいプラスティック塗料ってものがあって水拭きできるのですよ。ガラハッドが椰子の木を何本か買ってきました。私はアメリカ監督教会派慈善バザーで格安に買った赤い漆の桶に植えかえて玄関に飾りましたの」。

カルメラが猫を連れていってくれたと聞いてほっとしました。赤い鶏のことはがっかりです。鶏は生き長らえても村ではやせ細ってしまいます。ミューリエルは声をはりあげてニュースを喋り続けました。十五年間一緒に住んでこの半分も私と話すことはなかったのですが。

「ブレイク大佐はロバートとフラヴィアの結婚式まで滞在されます。すばらしいスポーツマンでいらして、イギリスで狩猟の季節がきたのを残念がっておられますわ。でもたびたびゴルフはなさるし、夜はカナスタのゲームをなさって、結構楽しんでおられるようですわ」。

「ロバートとフラヴィアはフットライト・カンパニーのアマチュア劇団公演に参加しています。ノエル・カワード〔＊イギリスの劇作家・俳優・作曲家　1899–1973〕の劇に出演していますが、大成功のはずです。フラヴィアは準主役を演じていますの」。

ロバートが劇に出演すると考えただけで吐き気がして、私は何も言いませんでした。

「バーチ夫人は」、ミューリエルは続けました。「フラヴィアがその役をとったので憤慨して大騒ぎをしたのですよ。あの女ときたら年がいもなく恥を知らないのです。あの年で演じようったって！優に六〇歳は越しているはずですわ」。

やっと二人が帰ったときに、すでに太陽は沈みかけていました。ガラハッドが哀れになりましたが致し方ありません。私が彼を助けられる時期はもうとっくに過ぎてしまったのです。

☆

カルメラの手紙がポケットでかさかさと鳴っていました。落ち着いてそれを読もうと私は急いで帰りました。彼女の優美な筆跡と紫色のインクをふたたび目にするのはほんとうに嬉しいことでした。

「親愛なマリアン」、と彼女は始めます。

この手紙があなたに届いたとしても、あなたがこれを読むかどうか私にはわからないわ。あの嫌なミューリエルがこれを無事にあなたに届けてくれるかどうか信用できないし。たとえ届けてくれたとしても、あなたはそれを読めないほど苦しんでいるかもしれない。

あの巨大で不吉なコンクリートの建物にいるあなたの悪夢を数回見ました。現代建築というのはとても気がめいるわね。あの荒涼とした運動場に恐ろしい猟犬たちがうようよといて、あごの削げ落ちた警察官たちがあなたたちに灰色の制服を着せて歩かせているの。あいつらはあなたに大袋を縫わせたりするの？　無益な仕事だとかねがね思っていたのだけれど。火曜の夜見た夢では、あなたが拘束服を着たまま逃げだして何キロも飛び跳ねながら駆けていくの。できたらこっそり短いメモを届けてちょうだい。あいつらがあなたに自白薬を与えないとはかぎらないもの、心配だわ。

二匹の猫は元気で幸せに暮らしています。赤い鶏は助けそこないました。ああ、彼女はきっとすぐに食べてしまったと思うわ。猫は最初落ち着かないようだったけれどすぐに慣れました。あなたも知ってのとおり、猫はすべて不思議な感応力をもっているから、すぐに私の愛情を感じとったのよ。あなたの悪夢を見るほかに、私が繰り返してみる夢に塔に住む尼僧が出てくるの。その顔がとても興味があって、いつでもウインクしていて歪んでいるの。誰なのか見当もつきません。私の文通相手の

☆

ひとりかしらね？

　近いうちに面会に行くつもりです。もし女看守が監視していて格子越しに話さなければならないとしたら、あなたにチョコレートケーキとポートワインの差し入れはできないかもね。できたら格子の間隔を正確に測って知らせてちょうだい。タバコはいつでも慰めになるし、どんな小さな隙間からだって渡せるわ。あなたの悲惨な思いを軽くするにはマリファナ・タバコのほうがいいかしら？　サン・ファンディーラ市場の裏でアラブ人たちが大麻を売っているそうです。そこで入手するためには武装して行かなければね。あの界隈は無法地区でとても危険です。あなたの苦しみを軽くするためなら、もちろん、どんな苦労も厭《いと》わないわ。でもマリファナを入手するのはとても難しいから、ほんとうに欲しければ手紙にそう書いてね。

　あなたに面会に行くのを計画中だけれど、とても面白いの。毎回ちがった変装をすれば、あなたの脱走を助けなければならないときでも、あいつらに怪しまれる心配はないわ。新しく雇ったメイドのエリサが言うのだけれど、彼女のお祖父さんが亡くなった主人の形見に貰った古い牧童用の衣装を持っていて、少し払えば喜んで貸してくれるそうよ。ハンガリー人将軍に変装したいけれど、その制服はここで珍しすぎるわね。闘牛師の衣装も色彩豊かだけれど、高価すぎるかもしれないわ。いずれにしろ不信感を抱かせないように、凝りすぎないようにします。なみの変装には大きな口髭とサングラスがあれば十分ね。

　地下道を掘って交信できれば、ずっと便利なのだけれど。そのため白蟻の巧みな工事技術にならっていくつか案を練ってみました。私たちが機械を使えるとは思わないもの。その計画を同封します。

☆

当局の手に落ちないようにくれぐれも注意してね。見つかれば厄介なことになるわ。最新の拷問法は洗脳で、ねじで親指を絞めつけるのはもう時代遅れになったそうよ。洗脳について聞いたことがある？　それは精神的拷問で、これを受けると、他人に対する不安がいつまでも湧いて、やがて狂ってしまうの。だから射撃隊の標的にすると脅されても注意を払わないようにね。どんな注射もさせては駄目よ、たとえビタミン剤だと言ってもね、本物の自白薬かもしれないから。思ってもいなかったことすらしてしまったと誓わせる洗脳のひとつなのよ。

私は死んだ自分の死体を埋葬しなければならない夢を見続けているの。これはとても不愉快な夢よ、だって死体は腐敗し始めていて私はどこにそれを置いていいかわからないの。昨晩も同じ夢を見ました、ウインクしている尼僧が出てきて、そのあと自分の死体埋葬という骨の折れる仕事をしなければならないの。それで死体に香油を塗って、受取人払いで自宅に送ることに決めました。でも葬儀屋が到着していざ自分の死体と対面するとなると怖くなって、支払いもしないで遺体安置所に送り返すことにしたの。現実には自分の埋葬について思い煩う必要などなくてほっとするわ。

同封した計画をよく検討して折り返し返事をちょうだい。ニペソ同封したから誰かを買収して手紙をことづけるといいわ。施設の見取図も必要よ、こっそり描けるでしょう。ふつうの水彩画ではなくて、ヘリコプターから見下ろしたように描いてね。私がクロスワード・パズルを勝ち抜いてヘリコプターを貰えれば素敵だと思わない？　でも残念ながらその可能性はないわね、そんな実用的な賞品はないもの。

どんなひどい状況におかれても希望を捨てては駄目よ。あなたが自由を取り戻すためには、私は全

☆

能力を結集させますからね。

大いなる愛をこめて、

カルメラ

カルメラの手紙を何度も読み返すと、私は坐って考えこみました。ウインクしている尼僧はドニャ・ロサリンダ・アルバレス・デ・ラ・クエバにちがいありません。カルメラがテレパシーで尼僧の夢を見ていたなんて、不思議なことです。あの絵と尼僧院長に私がどれほど関心をもっているのか話したら、カルメラはどんなに興奮することでしょう。

カルメラの言う施設から彼女の家まで地下道を掘るという計画は、実際には不可能に思われました。誰が地下道を掘ってくれるのでしょう？　地下の岩盤を粉砕するのに必要なダイナマイトはどこで入手できるのでしょう？　カルメラと私がつるはしを使って一〇キロ掘るだけでも果てしない時間が必要にちがいありません。

でもとにかく施設の詳細な見取図を作ってできるだけ早くカルメラに送ることにしました。郵便物の発送が難しいとは聞いたことがないし、仲間の女性たちは検閲なしに手紙を受け取っています。カルメラが示唆したようにこっそり手紙をことづける必要はないでしょう。これですべてがやり易くなりました。自前で私の大事な猫たちの世話をしてくれるなんて、カルメラはなんて優しいのでしょう。早くカルメラに再会してスミレの香りのドロップをベランダでしゃぶりたくなりました。

日曜日だったので、夕食はいつもより簡素でした。冷たいローストビーフとポテトサラダがテーブルに並んでいるだけで、回して取ることはありません。ラウンジでコーヒーと一緒にジャンケット

☆

［＊甘い擬乳製食品］と菓子パンを食べました。その日はメイドがいないのでめいめいが洗いました。食後の一時間は静かな休養に当てられていました。話をしたり編物をしたり簡単なゲームをしたりです。クロード・ラ・シュシュレル侯爵夫人とモードは決まって蛇と梯子ゲームをします。それは一種の儀式で、私はそばに坐って見るのが好きです。侯爵夫人は盤のますを作戦どおりに動かしながら、彼女がかつてヨーロッパとアフリカで起きた戦争でいかに闘って勝利をおさめたかという激烈な戦争談を語って聞かせます。モードは気が小さいので、この繰り返される戦時の思い出話を妨げようとはしませんでした。

「私たちは首まで泥につかっていたわ」、ボードにさいころを投げながら侯爵夫人は言います。「大佐と私が塹壕から首を出した瞬間、弾丸が唸り声をたてて軍帽を貫通した。ドイツの重砲隊は無慈悲に前進していた。戦車が機関銃を掃射した、復讐ロボットのようだったわ。状況は絶望的だった。全員疲労困憊《こくばい》していたけれど、義務感から持ち場を固守していた。『大佐、わが軍は包囲されています。唯一の作戦は突撃です』。大佐のがっしりしたあごが引き締まった。『それは兵にとって自殺行為だ』。彼は前方を見つめながら答えたわ。泥だらけの顔に青い鋭い目が光っていた。私は彼の腕を握ると後方の海を指さした。『どこに撤退しようと言うのです？』 興奮して私の声はかすれていた。『戦車に押し潰されるくらいなら、敢然と闘って死ぬべきではないですか？』『例によって君の忠告は正しいようだ』。大佐は言ったわ。『突撃！』」

「こうしてイープルの戦局はわが軍に有利に展開していったのよ」。侯爵夫人は穏やかな調子で続けます。「わが軍の大半は玉砕し、海峡をドーヴァーまで泳ぎつこうとして溺死した兵もいた。二四時

☆

間というもの連続砲撃が続き、ついにわが軍のわずかな大隊がドイツ軍戦車を撃退したわけ」。

　そのときモードはさいころの六の目を出し、一気に梯子をかけあがると勝利しそうになりました。侯爵夫人は小声で祈ると、さいころを投げ二を出したけれど進めません。「日曜日はついてないわ」。彼女は言いました。「火曜日生まれだから。生まれた曜日で運の良し悪しが左右されるのかしら。でも文句を言っているわけではないわ、私の人生は興奮と楽しみの連続だったから。たとえば北アフリカでは、ドイツ軍狙撃兵から危機一髪で逃れたわ。草も木もまばらな山岳地域を強行に前進中だった。私は大隊の副指揮官だった。わが軍は二台の赤十字の救急車を砂漠まで護衛していたの……」

「私の勝ちのようですが」、モードがおずおずと言いました。「もちろん偶然ですわ。このゲームはチェスのような腕の良し悪しとは無関係ですから」。

「そう、あなたの勝ちよ」、侯爵夫人は盤をじっと見つめて言いました。「私は公正さが勝ち負けより重要だと信じているので、喜んで祝辞をおくります。もちろん日曜でなかったら私が勝っていたでしょうけれど」。

　ガンビット夫人が小さな鐘を鳴らしました。全員が自分の住家に戻るために立ちあがりました。私は自分の望楼型の住家が気に入っていました。侯爵夫人のようにコンクリートの毒キノコ型は、寝るのにいつも梯子を上らなければなりません。でも公爵夫人は一度も不平を言ったことはありません。毒キノコを上り下りしながら掩体「＊砲弾を避けるのに掘った穴」を上り下りした幸せな日々を思い出しているのでしょう。

　満月に近い月が庭の小道を照らしていました。私はモードと歩いていました。彼女はヴァン・トホ

☆

ト夫人と二人用バンガローに住んでいます。

「月を見るといつもスイスを思い出すわ」、悲しそうにモードは言いました。「子供の頃よくミューレンに行ったの。スケートは少しできたけれどスポーツはあまり得意ではなかった。フィギュア・スケートとかそういう素敵なものじゃなくてただふつうに滑っていくだけ」。

「ええ、それで十分ね」。私は答えました。「月光を浴びた雪景色は私も大好きよ。何年も私はラップランドに行きたいと思っていたわ。白い毛の犬たちが引く橇《ソリ》にのって美しい雪景色を見ながらね。ずっと北方ではトナカイを使うの、乳も出るのよ。チーズも作っているのではないかしら。私はあの山羊臭い味は好きにはなれないけれど」。

「夢想を抱き続けるのはよくないことかもしれない」、モードは言いました。「ガンビット博士によると、夢想すると自転車に乗るよりエネルギーを消耗するとか。彼の話の根拠をすべて理解できるほど利口ではないけれど、彼の言うとおりだと思うわ。でも私たちの年では、少しは楽しみに浸りたいわね。ばかばかしいと思われるでしょうけれど、私はときに空想にふけるの。どこか北方地方で風でさらさらと鳴る樺の木の森を散歩していて、春の初めで、足元の草が最後の霜でバリバリと鳴るの」。

「ええ、わかるわ」、私は熱っぽく言いました。「樺の木、銀色の樺は嫌な椰子の木よりはるかに生き生きしているわ」。

「私の空想はとても鮮明で」、とモードは言いました。「物語になってしまうほどよ。お話してもいいかしら?」

「ええ、聞きたいわ」、話が長すぎないようにと願いながら私は答えました。夜が更《ふ》けないうちにカ

☆

ルメラに返事を書きたかったのです。ガンビット夫人は十一時に消灯だと言っていました。

「そこで」、モードは言いました。「私はツイードのズボンと皮のジャンパーを着て頑丈な皮の編み上げ靴を履いている。ひとりで口笛を吹きながら、いやハミングしながら散歩しているの。いまでは歯がなくなって口笛は吹けないけれど。樺の森にはあちこちに小川が流れていて、滑らかな踏み石を踏んで渡っていくの。ときに滑りやすい石があっていつも持ち歩いている頑丈な低木の杖でバランスをとらなければならない。小川は澄んで陽気な音をたてて流れていて、純真な喜びをすべて約束しているみたい！　微風で樺の木の葉がさらさらと鳴り、空気は新鮮で冷たい。歩きながら私にはしなければならないことがあったのを思い出すの。すぐにそれが何だかわかって興奮するわ。森のどこかに隠されている魔法の杯を見つけなければならない。そして大理石のディアナ［＊ローマ神話の月の女神で女性と狩猟の守護神］像と女神の犬たちの像に出会うの。ディアナは半ば苔に覆われていて、森を闊歩している姿のままよ。杯は像の足もとにあるわ。金色の蜂蜜をなみなみと湛えた銀の杯なの。私は蜂蜜を飲むと感謝の祈りを捧げ、杯をディアナに返す。いいえ、そうではなくて、蜜を飲もうとするけれど濃密すぎて、匙を探さなければならない。匙が見当たらないので杯の端を舐めてから、まだなみなみと蜜を湛える杯を女神に返す。そして感謝の祈りを捧げるの。

ディアナ像から歩いてすぐのところで、石の下に小さな鉄の鍵が半分隠れているのを見つけるの。後に必要になるとわかっていて、それをポケットに入れるわ。次の光景では、私は苔むした石の壁にはめ込まれた木の扉の前に立っている。開けるべきかどうか迷いながらも、鉄の鍵を鍵穴にさしこもうとすると、誰かが背後に忍び寄って乱暴に私の背を押すの。扉が自然に開いて、見たこともないほ

☆

ど豪華なルネッサンス様式の部屋に転がり落ちてしまうの。私は芸術には疎いのでゴシック様式なのか、バロック様式なのかわからない。四柱式寝台に、女性が白いフリルのついたナイトキャップをかぶって横たわっている。彼女は私にウインクし、それが食堂に掛かっている油絵の尼僧だとわかるの」。

「まあ、変な話だこと」、私は言いました。「初めて見たときから、私もあの絵が気になって仕方がないのよ。あの尼僧は何者かしら?」

「誰にもわからないみたいよ」、モードは言いました。「というより、わからないふりをしているみたいね。クリスタベル・バーンズがいつか話してくれそうな気がするけれど。でも彼女は心を開かないひとだから、誰ともあまり話をしないのよ」。

「自分はほかとはちがうと感じているのではないかしら、黒人だから」。私は言いました。「黒人女性は私たちとはちがう特殊な思い出があるようね。何度か彼女と話したいと思ったけれど、いつも忙しそうにしているわね」。

「さてもう帰って眠る時間よ、急ぎましょう」。モードは言いました。「私はヴァン・トホト夫人と、というよりヴェラと、二人用バンガローに住んでいるでしょう。彼女は私が夜遅くベッドに入るのを嫌うの。靴を脱ぐ音が壁越しに聞こえて耳障りだと言うのよ。とても眠りが浅いのね。ヴェラはほんとうにすばらしいのよ。とても霊的なの。私などとても彼女のようなレベルには達することはできないわ」。

「ええ、そうね。毎週水曜日の夕方に、あなたたちが交霊会をしていることを、彼女は話してくれ

☆

たわ」。

モードは少し驚いたようでした。「その話をあなたにしたの？」 彼女は言いました。「ではあなたに奥義を伝達される可能性があると思ったのね。水曜日の交霊会にはぜひ参加してね」。「ありがとう、喜んで」。私は答えました。軽いお酒でも出るのではないかと思いました。ヴァン・トホト夫人にはこうした物資調達の秘策があると聞いたことがあります。そのせいで彼女はあれほど肥っているのでしょう。

「ナターチャ・ゴンサレスは？」 私は尋ねました。「彼女には超自然の能力が備わっていると聞いたけれど」。モードはすこしためらってから答えました。「ええ、彼女も霊的なひとよ。ヴィジョンを視るの。ほんとうにヴェラが寝る前に帰らなくては、おやすみなさい」。

彼女が去った後、なぜナターチャ・ゴンサレスの名前を聞いて、モードはあんなに怯えたのかしらと思いました。月が高く上っていました。私はカルメラへの返事について考えていました。カルメラがここにいないのはほんとうに残念です。彼女ならこれほどたくさんの不思議な出来事を楽しんだでしょう。ガンビット夫人の許可がでたら、カルメラはこの週末に面会に来られるでしょう。そしてこの人間についてとても興味ある見解を示してくれるでしょう。望楼型の家に帰る前に、私は美しい月と星を眺めながら、耳ラッパをつけて夜の生き物たちの声を聴いていました。遠くでアナ・ヴェルツが独り言をいっているのが聞こえ、コオロギがさえずり、近くではナイチンゲールが歌っていました。さて私はどこにペンとインクを置いたのかしら？ 便箋は二階の戸棚に入っているはずです。

思いつくままにカルメラに近況を綴ると、残りは次の日にしてベッドに入りました。月の光が窓か

☆

ら差しこんで、眠れず、半ば覚醒し半ば夢を見ている状態で横たわっていました。この状態はいままでは私にはとても馴染みのあるものです。遠い過去からの思い出が心に浮かび、長いあいだ忘れていたはずの事柄がまるでいま起こったかのように蘇ってきました。

リュクサンブール公園と栗の木の匂いがします。そうパリです。サン・ジェルマン・デ・プレのカフェテラスで私はシモンと朝食をとっています、シモンの顔は生きているように鮮明ではっきりしています、でもシモンは三〇年前に死んでしまったのにちがいありません、私の知るかぎりでは彼については何も残っていないのです。『アラビアン・ナイト』のように延々とシモンが愛と魔術について話しています。では私は夢をみているのです、私は大きな庭の窪地にある夏の家でシモンと昼食の準備をしています。彼に話さなければならない大切なことがあって、私は彼の胸に触れています。「でもあなたは私のように手に触れられるわ」、と私は彼に言っています。「ああシモン、私にすべてを話してくれる前にどうして死んでしまったの？　シモン、死ぬってどんなことなの？」　それが私がシモンに尋ねたいことで、彼は一瞬狼狽したようですが、続けました。

「君はつねに終わってしまうと思っているんだね、でもそうではないんだよ」。彼はシャム猫のような美しい目をしていました。シモンはけっして自由になることはないままに、果てるともないたそがれの庭々に消えていきました、彼はとても多くのことを知っていたのです。ああ、シモン。たぶん私はまだパリにいるのです、河岸に沿って歩き、さまざまな本を讃え、ポンヌフからセーヌ川を眺めることができたら、なんという喜びでしょう。私はサン・タンドレ・デ・ザール通りからマーケットまで歩き、昼食に赤ワインとブリーチーズを買うのですが、つましい食欲にはそれだけで十分です。ピ

☆

エールとボザール通り。才気にあふれていたピエール、彼のすばらしい理論すべてがあんな悲しい結末に終わってしまうなんて。浴槽で溺れて死んでしまって、噂では静物画の絵描きに殺されたそうだけれど。ピエールは殺人者ジャン・プリサールの絵のひとつに人参が描かれているのを見て、かっとなって怒ったのです。侮辱された絵描きはピエールのアパートにこっそり侵入して、入浴中の彼を見つけると、息絶えるまで湯の中に顔を沈めたのです。可哀想なピエール、殺人者がギロチンに送られたかどうかは忘れてしまいました。あれほどすばらしく才気にあふれ絵画に敏感だったピエール、彼にはキャンバスに地の色と同色のもの以外が描かれると、嫌悪のあまり気絶せんばかりでした。「表現形式が」、彼は言ったのです、「時代遅れで俗悪だ」。それで人参のために、人参ですらなかったかもしれないのですが、彼は若死にすることになったのです。

☆

調理場での奇妙な光景

月曜日か火曜日でしたか、私は蜜蜂の池のほとりに坐って編み物をしていました。ガンビット夫人の意見では暇をもてあまして大食いになったそうなので、かぎ針でマフラーを編んでみようと思ったのです。モードが少し緑色の毛糸をくれて編み方を教えてくれました。彼女の言うほど簡単ではありません。私は手を休めては蜜蜂に見とれると、そのすばらしく能率的な勤勉さが羨ましいと思っていました。そのとき突然ナターチャ・ゴンサレスが現れました。歯が痛いのか、頭を藤色のスカーフでくるんでいました。

「へばっちゃってるの」、彼女は大きな目を回転式剪定機のようにぐるぐる回して言いました。「この三日間まるで寝ていないのよ」。

「ガンビット夫人にお願いしたら、セデブロールをくれるのではないかしら。あれはとてもよく眠れますよ」。私は優しく言いました。

ナターチャは頭を抱えてうめきました。「セデブロールですって！　わかっていないのね。私は眩暈《めまい》がしそうなほど眠いのに、目を閉じるわけにはいかないのよ。ドブネズミのせいよ」。

☆

これはショックでした。私はドブネズミとハツカネズミが大嫌いです。「いやだわ」。私は言いました。「あなたのバンガローにはドブネズミが出るの？」

「でっかいドブネズミがね」、ナターチャは言いました。「スパニエルほどの大きさ。だから眠れないのよ。鼻を齧《かじ》られるかもしれないもの」。

「恐いわ」、私は身震いしました。「ガンビット夫人が猫を飼えばいいのだわ。ここでは十二匹だってわけなく飼えるでしょう。猫ってとても素敵な生き物よ。ドブネズミもハツカネズミも猫の匂いがしただけで跳び逃げてしまうわ」。

「ガンビット夫人は猫アレルギーよ」。ナターチャは言いました。「猫がいると吹き出物がでるのだって」。

「ばかばかしい！」　私は叫びました。「健康な仔猫ほど清潔なものはいないのに。家では私は猫がいないと眠れなかったわ」。

「ガンビット夫人は」、ナターチャは大げさに言いました。「猫に触るくらいなら死んでしまうわよ。殺鼠剤を使う以外に手はないわね。ガンビット夫人に殺鼠剤『最後の晩餐』を買ってくれるように頼んでみるわ。猛毒だからネズミなどイチコロよ」。

「もしドブネズミが本当にスパニエルほどあって床下で死んだら、臭くてバンガローにはいられなくなるわよ」。

「こんな恐ろしい動物から逃れられるなら、生贄にだってなってやる」。ナターチャは言いました。

「それに、鼻を齧り取られるより臭いほうがましよ」。

☆

「でしゃばって悪いけど」、そう言いながらヒョルヒーナがジャスミンの茂みから顔をだしました。「私はこの十年間にハツカネズミもドブネズミも一匹もみたことがないわ」。

「マムシ女!」ナターチャは叫びました。「ヒョルヒーナ・サイクスとは話をしないほうがいいわよ。忠告しておくわ。危険で淫らで意地悪だからね!」藤色のガーゼのスカーフできつく下あごを縛りながら、ナターチャはジャスミンの茂みを短い人差し指でさしました。「マムシ女!」スカーフ越しに彼女は毒づきました。「毒蛇野郎!」罵りながら彼女は立ち去りました。

ヒョルヒーナはゆっくり小道に出てくると、腰を下ろしました。「客観的に言って、ナターチャ・ゴンサレスはひどく評判が悪いよ。私はナターチャに自分流の綽名をつけたの。聖ラスプチーナ[*ロシアの怪僧ラスプーチン(1872–1916)をもじった女性名]。彼女のドブネズミの話はでたらめ、嘘っぱち。女ラスプーチンは有名になるためなら、母親だって白人の奴隷商人に売るわよ。ヒットラーみたいに権力コンプレックスのかたまり。スパニエル大のドブネズミはでっちあげよ、聖人とのささやかなお喋りを、電柱のように聳え立った話のように吹くのと同じ。すべて同じ目的、権力欲よ。彼女をもうろく老人ホームに閉じこめているのは、人類へのせめてもの貢献ね」。

「あなたの言うように、ここにドブネズミがいなければいいけれど」。私は答えました。「私はたいがいの動物が好きなんだけれどネズミだけは苦手なの」。

ヒョルヒーナは私の鉤針編みのマフラーに目をとめました。「動物と言えば、あなたが編んでいるのはグラススネーク[*ヨーロッパ産の無毒の小蛇]に着せるチョッキ?」ヒョルヒーナにはそれがマフラーだとは思いもよらなかったのです。たしかに私はふつうに編んでいるのではなく、鉤針編みをし

☆

てはいたのですが。

「いいえ」、少しむっとして私は言いました。「蛇に着せるチョッキではないわ」。

「どこでその胸がむかつく緑の毛糸を手に入れたの？　入れ歯がガタガタ鳴っちゃうわ」。

「ヒョルヒーナ、ときにあなたは猛烈な毒舌家ね。この素敵な緑色の毛糸はモード・ソマーズのプレゼント。栗の木の新芽のようにきれいな春の色よ」。

「自分で着たりはしないわよね？」　私の非難を無視してヒョルヒーナは言いました。「大洪水で溺れたノアのように見えるわよ。あなたに緑は似合わない。あなたって若く見えるのよ」。

「デビュタント［＊社交界にデビューする令嬢］のようになんて言わないでしょうね？」　私は尋ねました。

「それにノアは溺死なんかしなかった。動物を満載した方舟《はこぶね》に乗っていたのだもの」。

「聖書がまちがいだらけなのは周知の事実よ。そう、ノアは方舟で船出したけれど、酔っ払って水中に転落したのよ。船尾でノア夫人は彼が溺れるのを見ていただけで助けなかった。そして家畜全部を相続したの。聖書の時代の人々はとても下劣よ。当時家畜をたくさん持っているのは、多額の銀行預金を持っていたのと同じよ」。

ヒョルヒーナは立ちあがると、タバコの吸いさしを蜜蜂の池に投げこみました。それはジュッと不愉快な音をたてました。

「どこに行くの？」　私は尋ねました。ヒョルヒーナとのお喋りは楽しかったのです。

「小説を読みに。あなたはその忌々しいソックスを編んでいればいいのよ」。彼女はある種のギクシャクした優雅さでゆっくりと去っていきました。ほのかな香りが残って私はド・ラ・ペ通りを思い

☆

出しました。
夕方の便で私に一枚の葉書が届きました。それはウェールズ近衛歩兵連隊と一匹の山羊がバッキンガム宮殿に行進している色鮮やかな絵葉書です。

奥様はお元気です。昨日クロケットの決勝戦を観戦なさいました。手に汗握る試合でした。かなりお疲れのごようすでした。よろしくと言っておられます。この葉書があなたさまに無事届きますよう願っております。お元気で。

敬具　B・マーグレイヴ

☆

マーグレイヴは親切にずっと母の健康状態を伝えてくれています。一一〇歳という年齢でスポーツに興味をもっていられるのは実に感嘆すべきことです。でも母は私よりずっと楽な人生を送ってきたのです。十八歳でアイルランドを離れて以来、母の人生はつねにめまぐるしい楽しみの連続でした。クリケットの試合、狩猟パーティ、慈善バザー、リージェント・ストリートでのショッピング、ブリッジ・パーティ、マダム・ポメロイのサロンでのフェイス・マッサージ、ピッカデリー・サーカスを少し下ったところにある古風な美容院。けっして流行を追わないのが母の魅力の一部でした。私たち親子は万事につけて早すぎるか遅すぎるかでした。二月の吹雪の日にビアリッツ［＊フランス西南部の海水浴場］に着いたときを思い出します。母はその寒さを個人的侮辱と受け取りました。リビエラが赤道直下にあると思いこんでいたので、ビアリッツで吹雪に遭うのは両極が移動して、地球が軌道から逸れ落下しているのだと言い張るのです。ヴィクトリア駅ほどある大きなホテルに観光客は私たちだけでした。「ビアリッツに誰もいないのは当たり前ね、つまらないもの」。母は言いました。「がらんとして。来年はトアキー［＊イギリス西南部の避暑地・海水浴場］に行きましょう。安あがりだし、ずっと暖かいわ」。

そのあと私たちはモンテ・カルロに行きました。母は気候のことはすっかり忘れて、カジノに心の拠りどころを見出しました。私は旅行代理店の男と戯れの恋をしました。彼は私たちにタオルミナ行きの切符を売り、私たちはシシリーに出かけました。タオルミナでダンテという名の給仕長とまたロマンスが生まれました。彼は私たちにフラ・アンジェリコのとても安い絵を売りつけました。後に贋物だと判明したので、私たちが思ったほど安い買物にはなりませんでした。でも気候はすばらしくブーゲンビリアは満開でした。

ローマに戻って石炭用バケツ型帽子と目の覚めるような青いマントのイタリア人士官たちに惚れ惚れしました。

私たちはほろつき四輪馬車で地下墓地に出かけました。サン・ピエトロ寺院の周辺をとぼとぼ歩き、ミケランジェロの丸天井に驚嘆しました。母は芸術を堪能すると、洋服を買いにパリに行こうと思いたちました。「なんと言っても、パリのファッションは世界の関心の的だもの」、母は言いました。パリに着くと私たちはプランタンにショッピングに出かけました。母はがっかりしていました。茶色のサテンの下着《ニッカーズ》を買いたかったのですが、どこにも見つからなかったのです。「ロンドンで買ったほうがよさそうね」、そう言って、水兵帽を買いましたがぜんぜん似合ってはいませんでした。「リージェント・ストリートでは同じものが半値で買えるわ」。

☆

母は私がミスタンゲット［＊ミュージック・ホールの女優　1875–1956］を見てもいい年齢に達したと判断し、私たちはフォリー・ベルジェールに行きました。「裸の女たちにはうんざりね。あんなこと、ギリシャ人がずっと前にやっていたもの」、まだ茶色のサテンの下着を気にしながら母は言いました。次の日の夜にはバル・タバランに行ったのですが、そこでは二人とも楽しみました。私はとても愉快なアルメニア人と踊り、彼は翌日私にホテルまで電話してきました。母はロンドンに帰る切符を買っていたので、アルメニア人が何か売りつけるチャンスを見つける前に、私たちはパリを離れました。

ランカシャーに帰ると私は閉所恐怖症に陥ったので、ロンドンで絵の勉強をしようと母の説得を始めました。母はまったく馬鹿げた考えだと言って、芸術家について説教を始めました。「絵を描くのはべつに悪いことではないわ」。彼女は言いました。「私も慈善バザーに出品するのに箱に色づけをしますものね。でも芸術に関心をもつことと、画家になることはべつよ。あなたの叔母さんのエッジウッドは小説を書き、ウォルター・スコット卿ととても親しかったけれど、でも一度だって自分を芸術家と呼ぼうとしたことなどなかったわ。いいことではなかったからよ。芸術家とは身もちが悪くて、屋根裏で女と住むひとたちのことよ。ここで贅沢三昧をしてきたあなたが屋根裏部屋になんか住めるはずがないでしょう。それにここで絵を描けないというのでもないわ。あちこちに絵になるすばらしい風景があるわ」。

「私、ヌードを描きたいの」、私は言いました。「ここではヌード・モデルは見つからないわ」。

「どうして?」　母はひらめきで答えました。「服を脱げば誰だって裸でしょうが」。ついに私は美術の勉強にロンドンに出て、エジプト人と恋をしました。実際にエジプトに行かなかったのは残念です

☆

が、母のおかげで私は若い頃にヨーロッパのほとんどを見ていたのです。

ロンドンの美術はあまり現代的ではないようで、私はパリで勉強したいと思うようになりました。そこではシュルレアリストが気勢をあげていました。シュルレアリスムは今日ではすでに現代的だとは見なされず、ほとんどすべての村の牧師館や女学校の壁にシュルレアリストの絵が掛かっています。バッキンガム宮殿にすらマグリットの有名なスライスしたハムに目が覗いている絵の大きな複製があります。それは謁見の間に掛かっていると思います。時間はすべてを変えてしまいます。ロイヤル・アカデミーは最近ダダの回顧展を催し、美術館を公衆便所のように飾りつけました。私の若い頃にはロンドンの人々はショックを受けたものでした。今日ではロンドン市長が二〇世紀の巨匠たちについて長いスピーチをして展覧会の幕開けとなり、皇太后はハンス・アルプの「臍」と呼ばれる彫刻にグラジオラスの花冠を掛けていました。

私の心はこんなふうに行きつ戻りつするので、記憶を整理しなければ筋道だてて語ることができません。なにしろ思い出がありすぎるのです。さて、以前に話したように、私にはこれから起こる事件が何曜日だったのか思い出せません。月曜日か火曜日だったのでしょう。水曜でも木曜でもないし、金曜日でもなかったからです。日曜でなかったことはたしかです。ともかくすべてはマーグレイヴから葉書を受け取ったときから始まりました。

何気なく調理場の窓を覗きこむと、人気《ひとけ》がなかったのでスナックをつまみ食いしてやろうかと思いました。

運の悪いことにガンビット夫人が調理場に坐って豆の莢《さや》をむいているところでした。とても奇妙で

☆

した。ガンビット夫人の膝に大きな黄色の牡猫《おす》がいて、夫人は優しく撫でているのです。生まれつきの猫嫌いは膝に猫をすわらせたりはしません。愛情のこもった言葉で話しかけたりもしないのです。ナターチャのネズミとガンビット夫人の話が蘇ってきました。好奇心に駆られて私は調理場に入っていくと豆の莢をむく手伝いを申しでました。

「お坐りなさい」、ガンビット夫人は言いました。「あなたが怠け癖を克服しようとしているので嬉しく思いますよ」。

「可愛い猫ですね」、私は夫人に言いました。「私は家で飼うなら猫がいちばん好きですが、猫嫌いのひとも多いですね」。

「猫は大好きですよ」、ガンビット夫人は言いました。「このトムちゃんはいつも私のベッドの端で眠ります。私の頭痛を治してくれようとでもいうようにね。ほとんどいつも私の部屋に居るのです。猫はあまり自由にさせておくと、迷子になってしまいますからね」。

「だから以前に姿が見えなかったのですね」、私は言いました。「ちょっと抱かせてくださいな。猫を撫でるのは久しぶりですから」。

ガンビット夫人は、私が親密にしすぎたと思ったのでしょう。彼女は話題を変えました。

「一週間に一度料理のクラスがあります」、と言いました。「他のひとのために砂糖菓子を作るのです。克己心を養う訓練になりますから。味見をしてはいけませんよ」。

私にはかなりサディスティックに思われました。でももちろんガンビット夫人に本心は口にしません。そのかわり、レシピを見て作るのか、それとも独創的に料理を作っていいのかと尋ねました。

☆

「何でも好きなものを自由に作っていいのです。もちろん予算をオーバーした材料費は支払っていただきますよ。だからご家族のことを考えるとあまり材料費のかさむ料理は賛成できませんね。料理の本を見ながら作るひともいますが、記憶力に頼って作るほうがいいと思いますよ。頭が錆びつきませんからね。あらゆる努力が神の御わざの実現に役立つのです」。

「私、フランス料理ですがおいしい料理が作れます。お菓子はあまり得意ではないのですが」。

「調理場で気取るのは、応接室で気取るのと同様に感心しませんね」。ガンビット夫人は答えました。「それにあなたのご家族は超過分を支払うとはおっしゃっていませんでした。この施設では食費がとてもかさんでいますから、あなたの能力を誇示するのに材料費をはずむことなどできません」。

ここでガンビット夫人はさも苦しげな微笑をもらし、私は退出すべきときだと悟りました。猫を愛撫できなかったのでものたりない気持で調理場を出ました。

料理のクラスはこの出来事の後すぐに始まり、それでナターチャがある午後にチョコレート・ファッジを作ることになったのです。運命の女神が訪問客をガンビット夫人にさしむけたとき、ファッジはすでに冷えていました。夫人は急いで応接室にむかい、調理場にはナターチャとヴァン・トホト夫人だけが残りました。私はファッジ作りには参加していなかったのですが、面白そうなので、調理場の窓の外に立って見ていました。

ナターチャがヴァン・トホト夫人に何か囁《ささや》き、ヴァン・トホト夫人は扉に近づくと外を探りました。そこからは私の姿はフクシアの茂みに隠れていたので、二人とも私には気づかなかったのです。ヴァン・トホト夫人は調理台のナターチャのところに戻ってうなずきました。ナターチャはポケット

☆

から爪やすりを取り出すと、六個ほどのファッジに穴をあけました。それから小さな包みを開けて、穴をあけた砂糖菓子に詰めました。そして二人は抉《えぐ》りだしたファッジのかけらをシチュー鍋で暖めると、穴から液体を注ぎこんで形を整えました。すべてはあっという間の出来事で、彼女たちはとても急いでいたようです。ナターチャはファッジが詰まった小さな束をろう紙で包むと、ヴァン・トホト夫人に何か囁きました。ヴァン・トホト夫人はこわばった表情で微笑しました。そのあとナターチャは足早に調理場を出て行きました。

私は壁ぎわにしゃがんでいたので、ナターチャは急いで立ち去るときに私が見えなかったのです。そのとき向こうのスイカズラの陰からモードが現れて、ナターチャの後をつけました。モードは調理場での奇妙な光景を目撃できなかったはずで、彼女がうろついていたのは私と同じ理由からだったのでしょう。ナターチャとモードが遠ざかっていくのを見届けると、私は近道をしてナターチャの丸天井型イグルーの後に出ました。そのエスキモーの家には低い格子窓があって中のようすが見渡せます。ナターチャはイグルーに入ると、ファッジを整理ダンスのいちばん上の引き出しに入れ、その上を下着らしいもので覆いました。彼女は扉に背を向けていたので、モードが部屋に頭を突きだして一部始終を見ていたのに気づきませんでした。モードはナターチャが振りむく前に姿を消しました。私は蜜蜂の池への道を辿って姿を見られずに、調理場に戻るナターチャの後をつけました。耳ラッパのおかげで、フクシアの茂みのそばで会話が聞こえてきました。

「あら、こんにちは、ヒョルヒーナ。あなたと二人きりで話ができるなんてとてもうれしいわ」。ナターチャの声でした。「いがみ合う姉妹のように、喧嘩するのはもうやめましょうよ」。

☆

ヒョルヒーナはぶつぶつと口ごもりましたが、それは聞き取れません。

ナターチャはくすくす笑うと答えました。「ずる休みをして、ファッジを家に隠してきたところよ」。彼女はヒョルヒーナに言いました。「あなたをささやかなご馳走に招待しようと思ってね。キスして過去のいさかいを忘れて仲良くしましょうよ」。

「いいわ」、ヒョルヒーナは言いました。「キスしないという条件でなら。何かに感染するかもしれないから」。

「あはは！」とナターチャは楽しそうに笑いました。「ヒョルヒーナ、あんたはほんとうにイギリス的ユーモアのセンスがあるね」。これらの会話はすべて驚くべき内容でした。何も聞き漏らすまいと私は耳ラッパを押し当てました。

「悪いけれどあんたのお世辞につき合う暇はないね」。ヒョルヒーナは言いました。「あんたは誰も彼も聖人にしてしまうから」。

「私は自分の才能を真面目にとりすぎているのかもしれないわ。ひとはいつお役ご免になるかわからないもの。ヒョルヒーナ、次に神の言葉を聞くのはあんたかもしれないよ」。

「とんでもない」。ヒョルヒーナは激しい口調で言いました。

「じゃガンビット夫人にさぼっているのを気づかれないうちに戻らなくては」。ナターチャは言いました。「今夜おいしいものをもってあなたの陽気なバンガローにいくわ。ではまたすぐにね、ヒョルヒーナ」。彼女たちは別れました。ナターチャの楽しそうな笑い声が聞えました。ヒョルヒーナは別方向に歩きながら、神を冒瀆する言葉を吐いていました。

☆

ぼんやり考えこみながら私は望楼に戻っていました。カルメラがいれば一連の奇妙な出来事を話しあえるのに残念だと思いました。ナタートチャのエスキモーの家にさしかかったとき、扉からそっと庭に消える人影を目撃しました。紛れもなくモードの上品な青いモスリンのブラウスです。きっと彼女はファッジの隠し場所にいたのです。

こうした一部始終を喜んだわけではないのですが、案じてもいませんでした。私の心の反応は遅すぎてすぐに結論に到達することができません。そしてすべてを理解したときにはすでに手遅れだったのです。クリスタベル・バーンズと逢うことが気になって、そのうちファッジのことは忘れてしまいました。だからすぐに哀れなモードに適切な注意をしなかったのは私のせいばかりとは言えないでしょう。

クリスタベル・バーンズが黒人女性でなかったら、私は彼女のいつも変わらぬもの静かな態度にそれほど関心をもたなかったでしょう。黒人女性は私たち白人女性にとっては、とてもエキゾティックにみえて、ついロマンティックな空想を抱いてしまいます。何度も私たちは彼女を会話に引きずりこもうとしたのですが、彼女はいつも忙しそうに、覆いの掛かった盆やバスタオルやシーツなどを塔に運んだり持ちだしたりしています。その忙しげな姿は忙しい蟻のようでした。とくに彼女の臀部は大きく手足がとても細かったからです。でもこのときは、クリスタベルは何も持たず、膝の上に両手をきちんと組んで望楼近くのベンチに坐っていました。

「こんばんは、レザビーさん」。上品なオックスフォード訛りで彼女は言いました。あとになって彼女がジャマイカ出身で、父は有名な化学者だったと知りました。

☆

「こんばんは、バーンズさん。あなたがそんなにゆっくりされているのは初めてね。素敵だこと」。「あなたをお待ちしていたのです、レザビーさん」、彼女は言いました。「少しお話できればと思いましてね」。

「喜んで、バーンズさん」、彼女のそばに坐りながら私は答えました。「私もあなたとお話したかったけれど、いつも忙しそうだったので」。

「まだ時が来ていなかったのです」、クリスタベルは答えました。「あなたは周りの人々に慣れねばならなかったから。ここでの生活は幸せですか、レザビーさん？」

これは難しい質問でした。私はしばらくものごとを幸福の尺度で考えるのをやめていたのです。私はそう言いました。

「それはまちがいですよ」。彼女は言いました。「幸せは年齢とは無関係です。幸福をつかむ能力の問題です。私はあなたの倍も年をとっていますが、とても幸せだと断言できますわ」。

私は九二に九二を足しました。クリスタベルは一八四歳だと言うのです。それはありえないでしょうが、彼女の話を遮りたくはありません。

「だから」、彼女は続けました。「幸せは若い人だけに約束されているのではありません。他人を頼ってはだめです、自分で摑まなければね」。

「とは言えレザビーさん、ここで抽象論をするつもりはありません。単刀直入にうかがいますが、あなたはなぜ食堂に掛かっている油絵に異常なほど関心をもっているのですか？」

この質問には戸惑って頭が混乱し、口ごもってしまいました。クリスタベルはじっと返事を待って

☆

います。ついに私は口を開きました。「あの絵は私の目の前に掛かっているでしょう。それについて考える時間がたっぷりあるのです。ガンビット夫人の出す食事は少なすぎてすぐ食べ終わってしまうのですもの」。

「それは変ですよ」、クリスタベルは言いました。「あなたの目の前に坐っているのはヴァン・トホト夫人で、絵よりずっと近くにいるしずっと大きいわ。彼女を観察するのがもっと自然でしょう?」

「私は絵を見るのが好きなの。それに食事中ヴァン・トホト夫人をじろじろと眺めるは失礼です。そうは思いませんか?」

「もちろん同感ですわ、レザビーさん。唐突な質問をしてごめんなさい。悪意はなかったのです」。

「わかっていますわ。ではお話しますけれど」、私は切りだしました。「あの尼僧はとても奇妙な表情でウインクしているでしょう。だからいろいろと考えてしまうのです。いったい誰なのかしら、どこの出身で、ウインクしているのはなぜかしらなどとね。あまり考えすぎたものだから、まるで古い友人のようになってしまいました。もちろん空想上の友人ですが」。

「友人のように感じるのですか? 好意をもっていると?」

「ええ、友情を感じますわ。もちろんこのような関係ではそれほど相手の反応を期待できませんけれどね」。私が話しているあいだ、クリスタベルはじっと期待をこめて私を見つめました。

「彼女に名前をつければ、招魂することになりますよ」。黒人女性は言いました。「名前をつけるには気をつけなければ」。

「もうドニャ・ロサリンダ・アルバレス・デ・ラ・クエバと呼んでいます。いかにもスペイン的風

☆

貌に見えますもの」。

「そう、一八世紀にはその名前でした」。クリスタベルは言うのです。「でもほかにもいろいろな名前があったのですよ。国籍も様々です。いまは詳しくお話できません。あなたにこの小さな本を渡そうと思って来たのです。読書は趣味ではないのは知っていますが、この本は例外でしょう」。

それは黒皮で装丁されていました。扉には「ドニャ・ロサリンダ・デ・ラ・クエバ、タルタルスのサンタ・バルバラ修道院尼僧院長。一七五六年ローマにて聖人に列される。ロサリンダ・アルバレスの生涯の真実かつ忠実なる記録」と記されています。

「信じられないわ」。私はクリスタベルに言いました。「彼女の名前など聞いたことがないのに、どうして頭に浮かんできたのかしら？」

「きっとどこかでその名前を読んでいたのですよ。この施設ではその名は様々な場所に九二〇回も書かれているのですから。目にしていないこと自体が不思議なほどにね」。

小さな本の最初の頁には石榴《ザクロ》の葉と剣を重ねた装飾模様が描かれていました。頁は年を経て黄褐色になっています。昔ふうの大きな活字は私には読み易いものです。

「では失礼しますわ」、クリスタベルは立ちあがりました。「金星《ヴィーナス》が上る前に終えなければならない仕事があるのです。あなたがこの小本を読み終わる頃に、またお話しましょう。これを持っていることは口外しないで下さい。人に知られたら、厄介なことになります。いまここで理由は説明できませんが」。

彼女が去ったとき、金星はすでに塔のうえで光を放っていました。夕闇が迫り、私はクリスタベ

☆

ル・バーンズと話したことで気分が高揚していました。ドニャ・ロサリンダの記録を読もうと、望楼に入りかけたときでした。おぼろげな人影が目に入りました。確信はないのですが、若い男で大きな包みを背負っていて、音もなく滑るように敏捷に木から木へと移動していたのです。

見つからないよう用心しているのでしょう。泥棒でしょうか？　それともメイドの誰かの密会相手でしょうか？　その可能性が高そうです。それで警告を発しないことにしました。メイドの情事など私の知ったことではありません。泥棒だとしても、私たちの誰ひとり盗まれて困るものなどそれほどないのです。私は望楼に入ってテーブルにつくと本を開きました。

☆

サンタ・バルバラ修道院尼僧院長の生涯

ロサリンダ・アルバレス・デ・ラ・クエバ、タルタルスのサンタ・バルバラ修道院尼僧院長の生涯の真実にして忠実な翻訳。聖棺修道会のジェレミアス・ナコブ修道士によるラテン語原典よりの翻訳。

バラは秘密、美しいバラは聖母の秘密、十字架は様々なる道の出発点、あるいは合流点なり。尼僧院長ロサリンダ・アルバレス・クルス・デ・ラ・クエバの名は、この意を含む。この尼僧院長の列聖式は驚くべき出来事の後に執り行われた。それらの出来事はキリスト紀元一七三三年七月に起こった彼女の死の前後にかけて、信頼すべき教会高僧たちによって証言されたものである。彼女は聖母聖カトリック教会の典礼と祝別式により、タルタルスのサンタ・バルバラ修道院地下納骨堂に埋葬された。世ヲ去リテ、暗キ世界ヲ抱ク真ノ神ノ国ニアル者ナレバ、近ヅクコトナカレ。

ローマの威光により尼僧院長の聖性は列聖式で保証された。しかしながら彼女の墓は列聖式のはるか以前に聖域とされていた。庶民は遠方より巡礼に訪れ、果物、花、家畜さえも供物として捧げた。それらは地下納骨堂に山と積まれていた。

☆

このすばらしくも恐ろしい女性について、すべての真実を書き記すのに必要な勇気をお与えくださるよう切に神に祈りながらも、私は農民たちの素朴な信仰を目の当たりにして、ひどく矛盾した思いに駆られた。

この記録文書は、本来、聖なる父ローマ教皇そのひとの、私的吟味を仰ぐために記されたものである。しかしこの記録の提出は、私のもっとも恐ろしく狂気じみた悪夢を遥かに凌ぐ結果をもたらすことになった。心を開き内なる心労を吐露することにより、神の意志を成就せんと願って筆をとった結果、私は聖職から追放されることとなった。それゆえ、もはや告解所の聖なる印なしでもこの記録文書の刊行は可能である。私は聖職を剥奪された身であるから。

尼僧院長のかつての聴罪司祭として、私は彼女の暗い魂の働きを知る唯一の人間だと信ずる。

これ以上私事に逸脱する必要はないであろう。

ドニャ・ロサリンダ・アルバレス・デ・ラ・クエバの出生地はいまだ不明である。スペイン生まれの事実を証拠立てるものは存在しない。エジプトから海を渡って来た説、アンダルシアのジプシーの血統説、北部からピレネー山脈を越してきた説などがある。彼女のスペイン在住を証拠立てる最古の記録は、一七一〇年の日付でマドリードから、プロヴァンス地方アヴィニヨン近辺のトレヴ・レ・フレールの司教宛に送られた一通の書状である。

その内容はマグダラのマリアの終焉の地とされるニネベ［＊古代アッシリア帝国の首都］の墓の発掘に関するものである。

ドニャ・ロサリンダの司教宛の手紙の文体は形式ばらず、両者の関係の親密性を示している。おそらく当の手紙は尼僧院長が修練女としてサンタ・バルバラ・デ・タルタルスの修道院に入った直後に書かれたものであ

☆

ろう。

私の有罪を宣告する告訴条項には、私がドニャ・ロサリンダの名を意図的に貶める目的でこの文書を捏造した旨が含まれている。それが真実でないのは神がご存知である。

手紙の筆跡は紛れもなくドニャ・ロサリンダのそれである。さらに彼女本人の印である交差した剣と石榴が手紙の冒頭と末尾にしっかりと捺印されている。ここにロサリンダの手紙から任意に抜粋した一節を書き写す。彼女の生涯の終わり近くに起こったある出来事を私が詳述する際に、この一節は読者の理解の助けとなるであろう。

司教に宛てたドニャ・ロサリンダの手紙の一節は次のとおりである。


だから、わたしのデブの鳩さん、おわかりかしら。あなたはただちに急使をニネベに送って、貴重な液体と交換させるべきよ。急を要するわ。すでにイギリスではさる地域で関心が高まっているから。あの墓は正真正銘のマグダラのマリアの埋葬地よ。ミイラの左わき腹で発見された軟膏が、様々の秘密を明らかにするかもしれないわ。そうなれば福音書全体の権威が地に落ちるだけでなく、ここ数年私たちが共同で行ってきた困難な仕事が報われることになるでしょう。どうお思いかしら、私のデブのイノシシさん？　前に話したあのユダヤ人は、いろいろかけあった後に、ミイラを包んだ布に書かれていた原文の写しを、少し傷ものの真珠の小箱と交換する気になったのよ。そして聖母さまの御心により、それはギリシャ語で書かれていることがわかったの。あなたもご存知のとおり、私にはこの文書を読むのは簡単よ。私が今どれだけ有頂天になっているか想像してちょうだい。マグダラのマリアは女神の高度な秘

☆

儀に通じていたけれど、異教の秘密をナザレのイエスに売り渡すという冒瀆行為を行って処刑されたことがわかったの。これでもちろん私たちを長年悩ませてきた奇跡の説明がつくわ。このエリキシル［＊秘薬］を調合する正確なレシピは非常に残念なことに省略されているけれど、軟膏の所有権は注意深く列挙されていたわ。貴重な軟膏がマグダラのマリアの高価な所有物すべてとともにミイラのそばに埋葬されたのはまちがいないわ。

　あなたにこの写しを急使に託して送り届けることはできないわ。途中でその秘密が敵の手中に落ちるかもしれないし。知らせはそのうちニネベから外部に広がるでしょうが、そのときまでには墓の中身が私たちのものになっていることを切に願うわ。ことは急を要するわ、急いで信頼できる急使をニネベに派遣してね。あなた自らが旅に出られるというなら、ただちに出発すべきよ。適当な物々交換の品を携えてね。

　そのあいだに私は修道院の尼僧院長に取り入って、他の尼僧たちに影響力をもてるようにしておくわ。長年私は瞑想にふけり献身的に勤行《ごんぎょう》してきたから、すでに彼女には良い印象を与えているわ。最後の願いの筋を聞き届けてもらうのにそう長くかからないでしょうよ。どう、腹の底から笑えるでしょう！　そのうちすぐに私たちはヴァチカンの土台を揺るがすことになるでしょうよ！　ここでの私の地位はひとに本を取りに行かせるほど確立してはいないし、大切な研究時間をいらいらする教会の仕事で浪費しているわ。でも古代美術の研究にはそれ相応の代償が必要で、私としては退屈な毎時間を固い石の床にひざまずいて費やしながら、櫃《ひつ》に金貨を入れている感じがするの。

　それでね、私の親愛なる荒々しい野性の豚さん、私のことを考えてね。あなたが雉《キジ》のパテを一ダースも食べてテーブルからずり落ちるときに、私は黒パンと水のつましい食事をしているのよ。そうすればあなたの太ったお腹がますます立派になるのを抑えられるし、寿命を縮めてしまうことにもならないわ。若者を誘惑するのもほどほどにね。さもないと精力を吸い取られて、魔法使いになる前に老いぼれてしまうわよ。

さてあなたの寛大な許しをいただいて、尼僧院長の弱点をいろいろ紹介しましょう。あなたが笑い転げて身体から毒素を発散できるようにね……

☆

それからドニャ・ロサリンダはキリスト者の精神を冒瀆する不適切な逸話をいくつか暴露しているが、私はそれらをここに列記するのは差し控える。

サンタ・バルバラの修道院はその当時尼僧院長ドニャ・クレメンシア・バルデス・デ・フロレス・トリメストレスの管理下にあった。この畏敬すべき婦人は、教会の確固たる支持者として知られるカスティーリャの古い由緒ある家族の出であった。その信仰のためにローマ教皇庁は聖エルミントリュード勲章を授与していたほどであった。

修道院で暮らす最初の数年は、ドニャ・ロサリンダは信心深さと精力的懺悔《ざんげ》で異彩を放っていた。自分を罰する鞭打ちの音を聞いて、尼僧たちは独居房の扉の外で感嘆の叫びをあげた。ときに礼拝堂で夜通しひざまずきロザリオを繰ってアヴェ・マリアを唱えていた。荘厳ミサでは決まって恍惚状態に陥るので、堅固な祈祷台をつっかい棒にしてやらなければならなかった。やがて様々な病に苦しむ尼僧たちが彼女の助けにすがるようになった。彼女が両手を触れるだけで苦痛や病気が軽減すると信じられたのである。

該博な薬草知識があったので、ロサリンダは修道院に小さな診療所を開くと、多くの病人を治療し病を治した。いまから考えると、ロサリンダの祈りは呪文の要素を含んでいたのだ。修道院に入る以前に彼女は魔術に精通していたのにちがいない。

老いた尼僧院長が死の床にあったときそばにいたのはロサリンダひとりだった、哀れな老女の臨終の場で彼女がどんな黒魔術の力を使って尼僧院長の地位を得たかわかったものではない。

老尼僧院長の死後修道院の日課は大きく変化したが修道院の壁の外ではその変化はまるでわからなかった。尼僧たちの精神修行はトレヴ・レ・フレールの司教の手に委ねられた。このような教会の権力者が承認することについては誰も口を挟めなかった。

尼僧院の礼拝堂では夜の暗闇にまぎれて、踊りながら飲めや歌えの騒ぎや、聞いたこともない言葉で唱えられる奇妙な詠唱が続いた。薄気味悪い衣装や仮装行列や祝祭がサンタ・バルバラ尼僧院で日程をきめて行われるようになった。

外国の職人たちが遅ればせながら到着して尼僧院長の贅沢な部屋の改造が始まった。八角形の塔が活動の中心をなすようになった。ドニャ・ロサリンダは北翼を自分専用の場所に選び、八角形の塔はその中心となる建物になった。上部の部屋は天体観測室に改造され、大空のあらゆる方角を見渡せるように露台が四方についていた。応接室と小さな寝室が天文台の下にあってそこには螺旋階段で通じていた。

これらの部屋の壁には紫と金色の小さなグリフィン［＊ワシの頭と翼、ライオンの胴体をもつ怪獣］をちりばめた深紅の絹が掛かっていた。家具は香りのいい渋い木材で、創世記のあらゆる獣のように彫られていた。豪華な刺繡をほどこした錦の騎馬闘牛士のマントが、尼僧院長の玉座から無造作に垂れ、玉座には彼女の紋章の剣と石

☆

榴が彫りこまれていた。

黒檀と白木蓮材の寄せ木張りの床には銀製の天使や青銅の使徒が円形浮き彫りで象嵌《ぞうがん》してあり、ドニャ・ロサリンダの小さな足の豪華な足場となっていた。このように聖なるものがつねに尼僧院長の足で踏みつけられるのには不穏なものがあった。特別の訪問客がある場合にはペルシャ絨毯が敷かれた。

中国製の本棚には象牙の睡蓮の柱と美しい翡翠《ヒスイ》で豚のように太った馬がひざまずく装飾が施され、なかにドニャ・ロサリンダの蔵書がぎっしり詰まっていた。

彼女の蔵書は内容によってちがった動物の皮で装丁されていた。特別の写本はダチョウか狼の皮装だった。退屈な日々の祈祷書はエゾイタチかモグラの皮のようだった。アグリッパ・フォン・ネッテスハイム［＊ケルン出身のオカルト研究家 1486–1535］が著したカバラの文書はサイの角にハッシェプスト女王の天宮図を繊細に彫りこんだ装丁であった。『霊魂の書《リベル・スピリツウム》』と『呪文の真理《グリモリウム・ヴェルム》』の表紙にはドードー鳥の皮に小粒のルビーと真珠が嵌めこんであった。

尼僧院長がこのような異端書の好みをもつにいたる複雑な経緯を知るのは不可能であろうが、彼女をわずかなりとも知る人にとっては彼女が不道徳な稀書にもっとも重要性を置いているのは明白であった。

実に彼女は一日の大半を自室にこもるとこれらの書物を研究し、たくさんのすばらしく良質の細長い羊皮紙に長い注釈を書きこんでいた。夜になると螺旋の階段を上って天体観測室で、星々が誘発する魔術に関する、私には理解不可能な禁断の知識を駆使していたのであった。

トレヴ・レ・フレールの司教が東方から帰ると、尼僧院長は引きこもった自室から久方ぶりに姿をみせた。海外から料理人を招いて特別に用意した宴会が司教に敬意を表して催された。様々な階級の高位聖職者が饗宴に招かれた。

司教はドニャ・ロサリンダに東洋の贈りものを持ってきた。それらは香油で防腐処置をした白い象の頭部や、バッカスやディオニソスの秘儀の祭を刺繍したあらゆる衣服類や、巨大な白檀の箱であって、中にはトルコの愉悦やもちろんマグダラ麝香《じゃこう》の高価な小瓶、ニネベの発掘時にマグダラのマリアのミイラのそばで見つかったとされる軟膏などが含まれていた。この強力な催淫剤が尼僧院長の死後起こったとされる奇跡の真因であったことに疑いの余地はない。

老尼僧マリア・ギエルマはドニャ・ロサリンダの自室の大きな鍵穴から目撃した以下の途方もない出来事を私に報告した。その鍵穴は後に二人の尼僧が洞察力のある尼僧院長が隙間に仕込んだ銀の針によって片目の視力を失ったために、「暗キガウエニモ暗ク《オブスクルム・ペル・オブスクルス》」なったのである。

彼女らが目撃したのは、ロサリンダと司教がマグダラ麝香を深く吸いこんだために、一連の花精化作用で軟膏の気化した成分が飽和して、蒼い雲のようなオーラとなって身体を包んでいる光景だった。それから司祭と尼僧院長は宙を浮遊しはじめ、宙吊りになると、腹に詰めこんだトルコの愉悦の木箱のうえで心霊術のように浮かんでいた。その後彼らが空中で行った淫らなアクロバットについては節度ある者ならばとても口にできるものではない。

当時私は司教の威厳に威圧されていたために、その事実についてはそれ以上調査することはできなかった。

司教の帰国後しばらくは、ドニャ・ロサリンダは尼僧たちをときおりチャペルに集合させては公開実験集会を催して彼女らの精神を高揚させるのだった。彼女は蒼い光を発して祭壇のうえを空中浮遊したので、尼僧たちは礼拝堂に浸透したマグダラ麝香の強烈な霧で気絶した。これらの公開実験の後に行われる乱痴気騒ぎにつ

☆

いては、恐ろしすぎて誠実な筆ではとうてい記録できるものではない。上司である司教への当然の敬意からときおり私自身も意思に反してその乱痴気騒ぎに参加せざるをえなかった。

キリスト聖体祭の頃尼僧院長は急送公文書を受け取ったが、その後尼僧院長はひどく動揺するにいたった。いまもなお私の手元に残るその文書には、次のようにしたためられている。


テウツス・ソシモス皇太子殿下はいまスペイン領に下船あそばされたが、サンタ・バルバラ・デ・タルタルス修道院のロサリンダ・アルバレス・クルス・デ・ラ・クエバ殿にもっとも丁重なる敬意を送られるとともに、二一の瓶に収納したる軟膏すなわちマグダラ麝香の返還を要求する決意であらせられる旨ここに通告するものである。その麝香は皇太子殿下がラクダ十五頭、一一二ポンドに等しい重量の小麦の種、アンゴラ山羊六頭の代償として受取られたものであり、殿下の正当なる所有物である。殿下の隊商はニネベ近くで、殿下が地方のごろつきと見誤った者たちによって無残にも襲撃を受けられた。盗賊たちの後を追わせた密偵の報告で、暗殺者の首領がほかならぬトレヴ・レ・フレール司教だと判明したとき殿下の痛恨は極まりないものであらせられた。殿下は何がしかの金子《きんす》を払っての努力の末に、前述した軟膏の行く先はスペインのカスティーリャにあるサンタ・バルバラ・デ・タルタルス修道院であったとの情報を入手された。

テウツス・ソシモス皇太子殿下は、尼僧院長殿の善意と優れた評判から院長殿が殿下の所有物を返還されるはずであるとの確信をおもちで、ただちに修道院に派兵されるお考えではあらせられない。

それゆえ殿下は尼僧院長ロサリンダ・アルバレス・クルス・デ・ラ・クエバ殿に近日中に皇太子殿下

☆

とその廷臣のご訪問を友好的に受け入れるようご勧告申し上げる。到着の期日は地中海沿岸からカスティーリャの丘陵に到着するのに要する時間に拠るものである。

テウツス・ソシモス皇太子殿下は修道院長殿の歓待を受ける名誉に数日浴せられた後、二一の瓶に収納されたマグダラ麝香軟膏すべてを陶器の壷に収めて封印された後に、それを携えて自国に帰還されるご予定であらせられる。

皇太子殿下は尼僧院長殿に最高の敬意を表される次第である、エトセトラ。

この儀礼的書簡は後ろ足で立つ海の一角獣と「イカナル水モ一角獣ヨリ生ジタルニ非ザレバ、水トハ称シガタシ」というラテン語の印が押されてあった。これらはテウツス・ソシモス王家の紋章であった。

司教と長く話しあった後に尼僧院長は大型四輪馬車の準備を命じて旅支度を整えると、その夜のうちに修道院を出発した。秘密の使命のために、彼女はあご髭《ひげ》をつけて男性貴族に変装すると、高価な渋い暗紫色のベルベットの服を着た。クロテンに縁どられ、喉元には当時のスペインでは非常に珍しいアイルランドの獅子色《ライオン》の手編みレースのフリルがついていた。

馬車は密使用に特別に作られたものであった。昼間に使用されたことがなかったので修道院の近辺でそれを知る者はいなかった。馬車の内装は尼僧院長の贅沢好みで、香りの良い白檀に宝石をつけたカモシカの皮が張ってあり、絹のクッションとカーテンにはレモン色の金と銀の糸で剣と石榴を刺繍して小粒の真珠とオパールとルビーが縫いつけてあった。外装は人目を欺くために極めて質素だった。銀箔の屋根の周りには人魚とパイナップルの花輪の飾りがあるだけだった。この馬車を引いて走るのは乳のように白い二頭の豪華なアラブの

☆

牝馬《めす》で、脚力はどの馬よりも速かった。

全幅の信頼を寄せる召使と御者を伴うと、大胆不敵な尼僧院長は夜に南へと出発した。まる四日走り続けてドニャ・ロサリンダは皇太子の馬車に追いついた。皇太子殿下は小隊をグラナダに残し指令を待つように命じてあったので、彼の護衛は二名の乗馬従者だけであった。乗馬従者はロサリンダの召使でカスティーリャいちばんの剣士のひとり、ドン・ベナシオに速やかに片づけられた。ただちに尼僧院長は皇太子を捕えると自分の馬車に乗せた。白馬はもと来た道をサンタ・バルバラ・デ・タルタルスに向けて引き返した。

皇太子はとても若く美しかったので、尼僧院長は彼の肉体に傷を与えるのを差し控えた。豪華な服に黒い肌、わずかなあご髭とキラキラと輝く目に深く魅了されて、彼女は皇太子を従者として身近に置こうと決心した。テウツス・ソシモスがこの名誉に屈しようとしない事実も、尼僧院長の決心をいささかも変えることはなかった。皇太子が剣士ドン・ベナシオの屈強な握力に取り押さえられてもがきながら自国語で罵声を発するのを眺めながら、彼女はうっすらと微笑を浮かべて坐っていた。

サンタ・バルバラ・デ・タルタルスへの帰途の旅はかなりの見物《みもの》であったにちがいない。しかしながら尼僧院長の説明は抑制されたものであり、帰途については答えを拒否した。しかし司教のいくぶん辛辣な見解のおかげで、状況を推測するのは可能であり、テウツス・ソシモス皇太子の態度から状況解釈は十分に予想できるものであった。

帰途の旅について細部を省いて再現すると、皇太子は馬車のなかで微笑む騎士をいつしか意識し始めた。騎士はもちろん変装した尼僧院長であったが、青年に倒錯した興味を呼び覚ました。彼はすでに東洋のあるいか

☆

がわしい性的風習に馴染んでいたので、ドニャ・ロサリンダに言い寄った。彼女は皇太子が自分の変装を見破って女として口説いていると思いこみ、喜んでこの美しい青年の申し出を受け入れた。しかしながらこの色事は結局発展することはなかった。修道院に到着したとき、皇太子はまだ尼僧院長が紳士だと思っていたので、彼女が尼僧の長服で盛装して微笑みながら姿を見せると、彼はよそよそしく顔をそむけて意味ありげな視線を司教に注いだのである。

そのうえテウツス・ソシモスは自分が尼僧院長の囚われの身で、大切なマグダラ麝香の瓶を盗んだのが尼僧院長そのひとだと気づくと、ひどく塞ぎこんで生命まで危ぶまれるほどになった。水一滴も飲まず食べ物も口にせず、彼は修道院の秘密の小部屋に置かれた龍の寝椅子に憔悴して横たわっていた。数日たつと彼の褐色の顔は黄土色になり、輝いていた目は落ち窪んで二つの澱んだ井戸のようになった。

尼僧院長の旺盛な情熱はつねに背徳的好奇心であったので、憔悴した皇太子に薬草を煎じて小量のマグダラ麝香を混ぜて与えようと思いたった。いまだかつて、その強力な軟膏を口から摂取した者はいなかった。ドニャ・ロサリンダと司教はつねに蒸気を吸引するだけで恍惚境に陥っていたのであった。階上の天体観測室で計算した後に、尼僧院長はクマツヅラ属の多年草の葉と蜂蜜とバラ香水数滴と大匙一杯のマグダラ麝香を混ぜ合わせて飲み物を調合した。司教はすでに皇太子に一種の父性愛を抱き始めていたのでこの実験に反対したであろうが、たまたまマドリードに短期滞在中であった。サンタ・バルバラ・デ・タルタルス教区内の聖職者の一件が注目を集めつつあったのである。けちな貴族たちが、修道院の贅沢な生活の必要性から税金を引き上げられたことに不平の手紙を大司教に送ったので、大司教は司教に特使を送ってマドリードに来るよう命じたのだった。これはほんの形式にすぎなかった。大司教自身が享楽好みで税金の引き下げなどはまったく望んでい

☆

なかったからである。教会の高位者たちが首都でこのような重要な会議を開くことで、万事が納まるという印象をけちな貴族たちに与えただけであった。

いったん魔女のスープ(ほかに名前をつけようがない)が調合されると、尼僧院長は私を呼んだ。私は皇太子の顎をこじ開けるよう命じられ、尼僧院長は恐ろしい液体を彼の喉に流しこんだ。その不運な若者はひどく衰弱していたので、作業はすべて簡単に進んだが、私の良心が少しも咎めなかったとはいえない。胸中深く私はその罪深い軟膏がキリスト教共同体に入りこむべきではないと承知してはいたが、尼僧院長に逆らう気持はなかった。そのカリスマ的人格はつねに私の意思を挫いていたからである。

テウツス・ソシモスは無理矢理に最後の一滴を飲みこまされると、身体を何度か痙攣させたが、それは見るも恐ろしい光景であった。ドニャ・ロサリンダは微かな微笑みを浮かべたが、それは彼女の冷酷な魂を示して余りあるものだった。

皇太子は衰弱し女性的性質でもあったために、薬の通常の効果はまったく現れなかった。尼僧院長が切に望んでいたように天井に向かって上昇する代わりに、皇太子はベッドに横たわったまま両腕を弱々しくばたつかせると断末魔のアヒルのような鳴き声をあげた。血走った目を尼僧院長に向けると、不運な皇太子は雌《めす》のナイチンゲールに変身したのだと言って、雄《おす》を求めて鳴き声をあげた。精神錯乱から皇太子は鳥に変身したと思ったようだった。かなり時間がたった頃に、テウツス・ソシモスはついに活力を振り絞って寝椅子から立ちあがった。手足をばたつかせ鳴きながら彼は階段を駆け上ると天体観測室に入り、尼僧院長と私はすぐにその後を追った。たとえ阻止したくとも、尼僧院長の実験の不幸な結果を避ける時間があったかどうかは疑わしい。そして燃える目で唇から涎を垂らしながら、テウツス・ソシモス皇太子は天体観測所の手すりによじ登った。そし

☆

て、自分はナイチンゲールの女王だと叫ぶや否や飛び降りて、二七メートル下の地面に激突して壮絶な死を遂げた。

不吉な夜は皇太子を家庭菜園に埋葬することで幕を閉じた。

テウツス・ソシモスの死後、トレヴ・レ・フレールの司教は老《ふ》けこんだように見えた。少し食欲を失ったようで、体重もわずかに減少した。当然ながら尼僧院長は皇太子の死については司教に話さなかった。司教のマドリード滞在中に彼女が皇太子を説得して無事帰国させたのだと説明しただけだった。さらに彼女は皇太子が彼女の体を要求し、彼女はマグダラ麝香二〇瓶分と引き換えに体を許したと断言した。司教が話のすべてを信じたかどうかは疑わしいが、彼は何も言わずに聞きとどけると、ますます衰弱していった。

司教は健康の悪化を理由にしばらくプロヴァンスに帰ることに決めた。当地のさわやかな空気に触れれば健康を取り戻すだろうと言うのだった。しかし彼が出発を急いだのはアヴィニョンの新しい教会音楽の知らせを聞いたためだと私は信じている。その街を通った吟遊詩人の話に拠れば、魅惑的な金髪の少年聖歌隊員の一団がイギリス諸島から到着していて、その美しい声は天使の一団の声に匹敵するほどだという。吟遊詩人はまた、その少年たちは粛清を逃れてアイルランドに渡りそこに潜んでいた小さなテンプル騎士団の庇護のもとに組織されたとも伝えた。迫害されたテンプル騎士団は、吟遊詩人に拠ると、さるアイルランド貴族の庇護を受けて全盛を極めた宗教儀式の秘儀を、敬虔な信者たちに伝え続けているという。

司教はかくして旅の危険に備え武装した数人の従者をつれて、アヴィニョンに出発した。

尼僧院長はふたたび八角形の塔の隠遁所に引きこもって研究に没頭した。修道院の日常生活は平穏さを取り戻し、尼僧たちの興奮状態も治まり自然な雰囲気で日々の務めを果たしているように見えた。

☆

修道院の贖罪司祭として、私は司教の外遊中に尼僧たちが行った乱痴気騒ぎのために何か贖罪を課すのが務めだと感じていた。私は尼僧院長にすら贖罪を提案して、週三度ロザリオを繰っての祈りと聖母マリアに数本蝋燭を捧げるように勧めた。しかし彼女は私の言葉を聞くと大声で笑い出したので、私は心痛と戸惑いから引き下がるほかなかった。

生涯にわたりこの女性は自分の意見を他人に押しつけ、頭から受け入れさせてきたのだ。彼女がカトリックの聖なる信仰教義を冒瀆していると私の良心が断じようとも、彼女の鉄の意志を前にしては私は無力で卑屈だと認めざるをえなかった。

その当時私たちは様々の高位聖職者の訪問を受けていたが、ローマ教皇庁からの枢機卿もそのひとりだった。尼僧院長は厳しく監視しながら急いで修道院を改装していった。彼女自身は西翼の普通の独居房に住み、枢機卿が到着するまでに聖者の像すべてを正しい位置に戻すと、山羊の角を聖櫃の最上階から別の場所に移した。枢機卿が彼女の部屋に近づくといつでも、彼女は自分の藁の敷布団を鞭で打ってキリスト者の日々の鞭打ちを行っているふりをした。ときに彼女は枢機卿にマグダラ麝香の蒼いオーラに浸っている姿を見せたが、男性の親密な協力なくしては空中浮遊は不可能だった。枢機卿は尼僧院長の聖性を確信してサンタ・バルバラ・デ・タルタルス修道院についての輝かしい報告書を携えてローマに帰っていった。後にこれらの報告はロサリンダを聖者の列に加えるか否かに際して教皇に好印象をもたらしたにちがいない。

「書物ノ大半ハ、著者ノミノタメニ存在スルガユエニ、書カレタル事ノ真義ハナオモ暗シ」。もしこのラテン語の引用文が書物ではなく人間の魂に言及しているとすれば、それはサンタ・バルバラの尼僧院長にまさしく言い得て妙だと私は思う。今日まで私は普通の人間がドニャ・ロサリンダの心の迷宮を洞察できるかどうか甚

☆

だ疑わしいと思っている。

私たちが司教から何の知らせも受け取らないままに夏と冬が過ぎていった。最初の知らせがアヴィニョンから届いたのは三月十五日の頃だった。ドニャ・ロサリンダは一月初旬からいつになく落ち着きがなく、夜になると例によって男性貴族に変装して赤みがかった短いあご髭をつけると山中へ乗馬に出かけていくのだった。そのうち修道院の正門に入っていくのを通りがかりの農民に見られるかもしれないので、私は彼女を止めさせようとした。しかし私の忠告は効果がなかった。彼女は黒い種馬ホムンクルスに跨って夜の闇に疾走していった。元気のいい馬はこの度を越した疾走のあと疲労困憊してよろめきながら、頭から臀部まであわ汗をかいて馬小屋に戻ってくるのだった。何らかの秘密の苦悩が尼僧院長をはるか夜のなかに駆り立てているようだったが、頑丈な心臓が破裂しそうなほど無慈悲にホムンクルスを疾走させても胸の騒擾は鎮まらないようであった。秘教の研究に行き詰まってこれほど動揺しているのか、または単に退屈を紛らわせているのか私には定かではなかった。

その頃ある偶発事が農民たちの噂の種となっていた。何匹かの野良犬がソシモス皇太子の死骸を掘り起こして、すでに腐った体の様々な部分をくわえて村に駆けこんできたのだ。骨と肉はまだ人間の形を留めていたので、土地の司法官は死体の身元調査を始めた。尼僧院長がこのスキャンダルの萌芽をすでに計画していた旅の口実に使ったのかもしれないが、旅行の真の動機は彼女の心の騒擾と司教からの信書であったと私は思う。それには次のように書かれていた。

慈悲深いロサリンダ、金と銅の花フロス・アリエス・アウレウスよ、それとも尊敬すべき尼僧院長とい

☆

うべきだろうか？

そなたはきっと予の死と埋葬の知らせを待っているだろう、出発して何か月も経ちながら、そなたに手紙を書くことも伝言を送ることもしなかったのだから。来る日も来る夜も延々と骨の折れる活動に費やしていたので、便りを書かなかったのを許して欲しい。

出発時にはこれほど長くアヴィニョンに逗留するつもりはなかった。知ってのとおり、予はプロヴァンス地方のさわやかな空気で心身を回復させ、少年たちの喉から流れる天使のような音楽を魂の刺激にするつもりであった。予の当面の計画はその後すぐサンタ・バルバラ・デ・タルタルスに帰り、そなたとの共通の目的に邁進するつもりであった。これほど滞在が長びいたのにはわけがある。この地で起きた事件が思いがけない展開をみせたのだ。われわれの魔術の勝利はひとえにアヴィニョンでわれわれが成功できるか否かにかかっているかもしれないのだ。

覚えていると思うが、プロヴァンスから最初に情報を伝えた吟遊詩人がテンプル騎士団修道会のことを暗にほのめかして歌い、彼らがこの都市に潜んでいるかもしれないと暗示したことがあった。ある北欧の聖歌合唱団が密かに彼らの教えを受けていて、その見返りにテンプル騎士団のフランス本部を提供しているのだ。

われわれが承知しているように、吟遊詩人たちは通過するどんな場所からでも情報を引き出す並はずれた能力を有しているのだ。したがって、例の人物がこのような事実を知っていたとしてもさして驚くことはないだろう。予がアヴィニョンに到着した最初の数週間のことに話を戻してもいいだろうか。このうえない長旅の後で、予は数日トレヴ・レ・フレールの公邸に引きこもって過ごしたが、柔らかい

☆

ベッドにうつ伏せになった数日は、ガタガタと揺れる四輪馬車で旅した後では天国のようであった。長いあいだ堅い座席に坐っていたので、臀部がどれほど痛んだかわかるだろう。ブルト・ルイスがいつものように手厚く世話してくれ、すばらしい香油を調合して体の痺《しび》れた部分をもみほぐしてくれた。背中にクッションを当てて仰向けで休もうとしたができず、四八時間というものうつ伏せになって寝るしかなかった。この季節には狩猟の獲物がたくさんあって、予は幸いにも、焼いた鶉《ウズラ》やすばらしい土地のワインに漬けて料理した野生の豚や、若い鹿肉や詰めたヤマシギを食べて体力をつけることができた。

やっと体力を回復すると予はアヴィニョンまでの数キロを踏破して、高尚な音楽が与えてくれる芸術的歓びを味わい魂を爽快にしようと出かけて行った。そなたも知ってのとおり歌は魂の糧であるので、北欧の少年聖歌隊がミサ曲を歌うのを聞きに大聖堂に行くのが待ち遠しくてならなかったのだ。

あの優しい少年歌い手たちについて恍惚とした印象を長々と述べるつもりはない。もし彼らが天使に似ているとすれば、予は天国に行ってケルビムたちに囲まれて戯れてみたいとだけ言っておく。何という柔らかく白い肌、純真な青い瞳をしていることか！　彼らの純粋な震え声の歌声でミサは純粋な喜びに変わった。親愛なるロサリンダよ、これはそなたも経験したことがなかったものだと思う。

大司教と夕食をするといった類の煩わしさや些細な厄介事を終えると、予はただちに少年聖歌隊員たちと面識を得て、アヴィニョンの小さな公邸に住居を定めるとそこを彼らに解放した。様々な機会に予は少年聖歌隊を客として歓待し、彼らも地方の地主である招待客を宗教的に啓発するために、喜んでゴシック典礼聖歌のリサイタルを開いてくれた。もちろん彼らに何らかの報酬を与えねばならず、東洋で得た金を予はかなりすり減らすことになった。しかしながら、神聖な友情にかけて誇張なく記すのだ

☆

が、この出費は見返りをもたらすのに長くはかからなかった。年長の少年のひとりが変声期のために聖歌隊で歌えなくなったのだ。それゆえ彼に公邸の一室をあてがって、常時そこに住まわせ精神教育を施すことにした。

この少年は若いアドニス［＊ギリシャ神話・死後アネモネに変容した美貌の少年］のように並はずれて美しいだけでなく、詩の才能にも恵まれている。アイルランド人は多く詩の才能に恵まれているとのことだ。この少年、アングスは素性の卑しい家系の出であるが、生まれつきすばらしい天分に恵まれていて、ひとは彼がアイルランドの荒野ではなくギリシャ神殿の出自だと思うであろう。予はこの快活な少年と多くの楽しい宵を過ごした。予らは実に様々な事柄を論じあった、エジプトの魔術から中国の音楽まで、古代ギリシャ人に流行したある種の戯れや、アイルランドの猟犬を使う狩り、ある種の薬草の効果などだ。アングスは鋭い判断力と多くの抽象的知識でしばしば私を驚かせた。卑しい階級に生まれた者としては、これは不思議でもあり喜ばしくもあった。

予はしばしばアングスの並々ならぬ教養に驚いてはいたが、それを深く追求はしなかった、というのも、ロサリンダよ、そなたも知ってのとおり、幸福とは幽霊のようなもので、あれこれ干渉しすぎると消えてしまうものだ。予は舞いあがる鳥のように何も考えず、いわゆる金色の光に湯浴みしたのだ。

☆

この幸せな状態はほぼ一か月続いたが、ある日ハーマトロッド・シラス卿と名乗る人物がイギリスから到着した。この人物はアングスが公邸にいることを彼の同僚であるテンプル騎士団から聞き及んだにちがいない。われわれの関係について彼が得た情報は不愉快なほど正確であった。予はハーマトロッド卿と会見するまで、少年たちが騎士団の見習い信徒であることを忘れていた。あの吟遊詩人の言ったことはすべて本当だったのだ。

偏屈で名高いブリテン民族にしては、ハーマトロッド卿は交渉に柔軟だった。予は、テンプル騎士団がプロヴァンス地方に中核を組織しつつあり、彼らも例にもれず生計の手段が必要なのを知った。

金や宝石や貴重な香料などの贈りものと引き換えに、予はハーマトロッド卿を説得して、少なくとも当面はアングス少年を手元において精神教育をすることになった。

予は愛弟子《まなでし》を巧みに口説いて、神秘的な聖職者団について概要を聞きだした。

それによると、迫害が始まってから多くのテンプル騎士団員が密かに逃亡し、そのうちある者たちはアイルランドに庇護を見出したということらしい。西海岸にある古代の砦が彼らの拠点となり、マルコム王家の末裔であるムアヘッド家に資金援助を受けた。さて、この一族は、その名が示すとおり、十字軍で主要な役割を果たしたが、東洋で獲得した戦利品の分配をめぐって聖職者と紛争が生じた。その結果彼らは騎士団が教会から見放されて以後に、テンプル騎士団と友好的関係を結ぶようになった。密かに騎士団は勢力を蓄えアイルランドに拡がっていった。信奉者は貴族階級が主だったが、ときには騎士団にとって好ましい資質を示す平民も受け入れた。

数世代にわたりアイルランドは彼らの活動の実り多い土壌となった。しかしながら時を経るにつれて、他の国々にも新しい拠点を設立して勢力拡大を図る必要を彼らは痛感するようになり、ここ五十数年のあいだに騎士団は密かにヨーロッパで信徒の集団を組織してきたのだ。

☆

さて、予の親愛なる黄金の花よ、ここで問題の核心に触れることになるのだが。ある夜少年アングスは、いとも優美な年齢の分別を超えるほどワインを飲みすぎて、騎士団の大いなる秘儀、生きた象徴について打ち明けたのだ。彼の話によると、アイルランドのテンプル騎士団は聖杯を有している。このすばらしい杯は、そなたも知ってのとおり、生命の霊薬を入れたほんものの聖杯であり、女神ヴィーナスが所有していたと言われてきた。ヴィーナスはキューピッドを妊娠中にその魔法の液体を一気に飲み干したため、キューピッドが子宮のなかで跳ねて霊気を吸収し、神になったと伝えられる。話はそれに終わらないのだ。ヴィーナスは陣痛の苦しみで杯を落としてしまったので、杯は地に転がり落ちて、馬の女神エポナの住み処である深い洞窟に埋もれてしまった。

何千年ものあいだ、その杯は髭をはやし両性具有者として知られる地下の女神の手で守られていた。その女神の名はバルバルスだった。

そなたはおそらくその伝説を聞いたことがあるかもしれない。予は女神の名がとりわけすばらしいと思う、というのも明らかに連想することがあるからだ。

女神バルバラは生命を生むものあるいは子宮として崇拝され、彼女の司祭たちは両性具有者のなかから優れた者が選ばれたと言われている。

ノアの息子のセツがこの女神の神殿に進軍した最初の者だとされる。司祭たちは殺害され、聖杯は盗まれ、神殿は冒瀆された。伝説によると、聖杯はセツの一族の手に渡り、十字軍遠征時にさらにテンプル騎士団に盗まれてしまった。

後に物語は聖杯をめぐって展開し、聖杯のもつ神秘的な力は誤ってキリスト教に起源があるものとされてしまったのだ。

聖杯の古い歴史についての真実が何であろうとも、聖杯のもつすばらしい力は疑いの余地がなく、あ

☆

るたしかな証拠から私はアングスの言ったことが真実だと信じざるをえないのだ。

　バラの花にも見まがうひとよ、そなたはせめてそのすばらしい杯を見てみたい、可能ならばそれを女神バルバルスに返さねばならないと悟るだろう、いや女神をもっと新しい名前で呼ぶべきかな？　このことが盗まれた品を本来の持ち主のヴィーナスに返す手段とならないとは誰が断言できようか？

　尼僧院を副尼僧院長に任せてすぐにアヴィニョンに発つように。約束するが、この公邸には快適な特別室と、少なくとも修道院の料理には匹敵する美食がそなたを待っているのだよ。われわれは追ってアイルランドのテンプル騎士団の砦に旅することになるかもしれぬので、その旅に十分備えてくるように。聖杯はすでにフランスに持ち出されたかもしれないが、騎士団が十分定着できる素地ができなければ、またどこかに持ちだされる羽目にならぬとは断言できまい。

　くれぐれも多くのクッションを携えて旅に出るように、さもなければ到着後一週間というものは腹ばいで寝る羽目になるであろうから。道のひどさは筆舌に尽くしがたいほどだ。

　われらを結びつけるすべてにかけて、つねにそなたの心優しい崇拝者、魂の兄である
　　　　　　　　　　フェルナンド、トレヴ・レ・フレールの司教より

出発する前に尼僧院長はマグダラ麝香の壜を隠した。後に私は修道院をくまなく探したが、軟膏の残りの壜を見つけることはできなかった。いまになれば、彼女が結局は葬られることになる教会の聖堂地下室に壜を隠したにちがいないと思い当たるのだが。その当時私には過去の尼僧院長たちの墓が隠し場所になろうとは思いもよらなかったのだ。また薄気味悪い地下埋葬所への恐怖心もあって、その場所が隠し場所になるとは到底考え

☆

られなかった。

入念に準備をしたのちに、尼僧院長は変装すると二頭の白い牝馬に引かれた銀の大型馬車で去って行った。黒い種馬ホムンクルスに跨った乗馬従者が馬車につき添った。

尼僧テレサ・デ・ガステルム・ハビエルが尼僧院長代理に任命された。この尼僧はドニャ・ロサリンダ直属の召使で、献身的にこの風変わりな尼僧院長に仕えていた。

テレサ・デ・ガステルム・ハビエルの祖先はおそらくムーア人の血を引いていたのだろうが、陰気で秘密めいた性格だった。八角型の塔に腰を据えていたので、彼女に気づかれないで尼僧院長の居室に近づくことは極めて困難だった。

不断の努力の末に、私は何度かドニャ・ロサリンダの部屋に忍びこんで彼女の身の回りの品を調べることに成功し、尼僧院長の性格を知るうえで役立つ多少の記録文書と書面を入手した。修道院長聴罪司祭として、私はサンタ・バルバラ・デ・タルタルスに関する諸事件のすべてに通暁しておくのが義務だと考えていたのだ。ドニャ・ロサリンダは当然ながら私の興味の中心をなしていた。通俗的興味などではまったくない。ただ修道院の精神的監督者としての義務を果たそうとしただけであった。

およそ二年にわたる尼僧院長の旅については謎に包まれている。彼女はこの期間の半分以上を、要塞内もしくは、西アイルランドのテンプル騎士団の城砦近くで過ごしていたにちがいない。ドニャ・ロサリンダの悪魔的ともいえる巧妙な性質を知っているので、私は彼女が城砦内でかなりの時間を費やすことができたと信じるものである、もっともその困難な離れ業をいかにして成しえたかは説明不可能ではあるのだが。おそらくトレヴ・レ・フレールの司教以外に誰があご髭を生やした騎士が実は尼僧院長だと疑うことがあっただろうか、少

☆

なくともしばらくは。女だと気づいた者がいても秘密は守られたのだ、さもないとドニャ・ロサリンダは生きてアイルランドを去ることはなかったはずである。

尼僧院長が最終的にサンタ・バルバラ・デ・タルタルスに戻ったときの状況から判断すると、少なくともひとりの人間は彼女が女であることに気づいていたはずである。「ひとりの人間」という言葉を私はあえて使うのだが、尼僧院長の死に関して起こった様々の信じられないような出来事を考慮すると、私はときに名状しがたい疑いが生じて怯《ひる》んでしまうのだ。

尼僧院長の死後私はふとしたことからヘブライ語で書かれた羊皮紙の巻物を入手して、マドリードで香辛料の売買を営むユダヤ人の助けを借りると、ついにそれを翻訳することに成功した。

この巻物にはラテン語の文書が付随していたのだが、それにはドニャ・ロサリンダのアイルランド逗留についての記述があり、その逗留とはテンプル騎士団の要塞での滞在に相違なさそうだった。ここに私は双方の文書を書き記す、最初の記述はヘブライ語からの翻訳である。

彼「罪びと」は贖罪行為によっても、海や川の祓い清めの水によっても罪の許しを得ることはないであろう。エジプトの一部族でセツと呼ばれる者は、生命の霊気を湛えた杯が地獄のアリウスと呼ばれる娘に戻るまでは、世代にわたって不浄の者と呼ばれるであろう。

彼「セツ」のすべての悪行は、その魂を外国から到来した見知らぬ「女性」(バルバラとも翻訳されている)に委ねることによって償われるであろう。彼女は黄色「または黄金」の角のある神、すなわちこのうえなく聖なる器の所有者との結合の儀式によってその杯をふたたび生命の霊気で満たすであろう。

☆

太初に女と男、いわゆる双子の二精霊が存在した。彼らは初めに生命と霊気と、生命の霊気を湛える聖杯を創造した。

そして翼あるもの「または羽毛のある両性具有者、セフィラ」が誕生したのは、これら二つの精霊が出会ったときであった。

以来聖杯は実を結ばなくなってしまったのである。杯の不毛の看守がこのうえなく密やかな神秘であるエポナ、バルバルス、ヘカテ「＊ギリシャ神話・天上と地上と地下界を支配し魔術を司る女神」の洞窟の正当なる領域から彼女を追放したからである。


そして惑星の子供たちは歳月の小道を忘れて見出すことはないだろう、また新しい月と季節を忘れるだろう、彼らは時間や巡る天体のあらゆる秩序から逸脱していくであろう。かくて忌まわしい行為を犯していくだろう、なぜなら聖杯がセツすなわち復讐者エホバの法のもとでうつろで不毛のままであるからである。

さらに三つの月がともに上って太陽の光をおぼろにするとき、悲嘆の声が上り骨のきしみが起こるだろう、なぜなら彼らが自分たちの起源を忘れもはや木の根を知らないからである。

注意して見よ、聡明なるものとは不毛の兄弟たちに囚われてしまった聖なる器の略奪者であり、聖なる器はもっとも奇跡的な生命の霊気を湛えることなく空のまま放置されている。

人間の三位一体の神を崇拝する地の子供たちに災いあれ。杯を彼女の手からもぎ取った不毛の兄弟たちに災いあれ。

☆

この両義的で不明瞭な文書は封印されていなかったが、パピルスの質から判断すると古い時代のものにちがいなかった。二番目の巻物にも署名はなく不明の筆者によって書かれたものであった。

「カノ者トトモニ、天空ニ向カイテ飛翔セム。ソノ時ニ告ゲム。ワレハ永遠ニ生クルモノナリ」。外来の見知らぬ者たちはコナー土砦［明らかにテンプル騎士団が迫害されて後集合した要塞の名である］に入った。ひとりのスペイン人の貴族はプロヴァンス出身のフランス人司教に伴われていた。彼らはテンプル騎士団の秘儀を受けに来たのだった。

大いなる導師は旅行者たちに予備的質問をしている。

スペイン人貴族ドン・ロサレンド・デ・タルタロは十分に認められた。彼はアイリーン卿のもとで指導を受けることになる。司教に関してはさらなる監査をすることで保留となっている。

コナー土砦は地震に襲われ、共同体は衝撃をうけ混沌に陥ったが、いまや秩序ある日課を取り戻しつつある。地下のざわめきは大地の中心部からまだ聞こえる。

地下からのざわめきはまだ拡がって聞こえ、われわれが神器《アルカヌム》を保管している地下貯蔵庫から生じていると言われている。

☆

偉大なる導師は八角形の部屋で総会を招集した。われわれは地下のざわめきが神器と関連があると信じている。偉大なる導師はその驚くべき出来事について明確に説明してくれるだろう。

保護を求めて放浪する吟遊詩人が今コナー土砦を訪れた。彼は自らをタリエシンと名のっている。

偉大なる導師がわれらに告げることによると、神器の地下貯蔵庫は二〇〇年間密封された後に開かれることになっているという。この重大な決定は昨夜会議で五時間討論の後下されたのである。

吟遊詩人タリエシンは地震を歌うユーモラスな歌でわれわれを楽しませてくれる。彼はある婦人が到来したために神器が眠りから覚めたのだというバラッドを即興で歌った。これを聞いてわれらは陽気に笑った。神器がムアヘッドの一族によって騎士団に寄贈されて以来、女性はひとりたりともコナー土砦に入ったことはなかったからである。

今夜伝説に従って、ただひとり、誰も伴わずにその恐ろしい地下室に入る者をくじ引きで決定する。

騎士団の騎士たちが十二人も不可思議な死を遂げて以来二〇〇年間、ルファス卿によって地下貯蔵庫は封鎖されていたが、新たにそこに入る最初のテンプル騎士はショーン・オフ・リアス卿ということになる。

厳しい試練を前にして、ショーン・オフ・リアス卿は夜通し槍の祭壇のもとで瞑想するだろう。

彼はアンウィンの泉から汲んだ水で身を清め、征服したシー族から奪った銀の剣を帯びるだろう。

恐ろしい事件がコナー土砦を深い悲しみに突き落とした。騎士団のもっとも栄えある四人の騎士が爆死してしまったのである。

地下貯蔵庫が厳かな儀式で偉大なる導師によって開かれて以来、神器の保管室に入る運命であった騎

☆

士が次々と不可解な恐ろしい死を遂げている。

　どの騎士も痙攣しながら恐ろしい部屋から出てくると、いぶし金のように輝くおぞましい角のある妖怪について、うわ言のように喋るのだった。両眼と口からは血が流れ出し、聖杯を呪いながら彼らは息絶えた。

　神よ、彼らの魂を哀れみたまえ。

　ショーン・オフ・リアス卿、トマス・メルヴィン卿、スタニスラウス・ブラス卿、ウィルフレッド・ドネガン卿。彼らすべてが若くして非業の死を遂げた。彼らは騎士団の名誉として東の聖堂地下室に埋葬されるであろう。

　ある婦人のみが、角のある神の場所に入り生きて戻れるのだと吟遊詩人タリエシンは歌う。地下の世界からひとりの見知らぬ者が現れて、もとどおり杯を満たすことになっている。彼の歌う詩はすべてシー族の話し声のように響くのだが、タリエシンは彼らと密かなつながりがあるのかもしれない。

　一同が仰天したことに、ドン・ロサレンド・デ・タルタロが神器の貯蔵庫に行くことを申しでたのである。彼は叙階されていないのでまったく異例のことである。

　しかしながらこの勇敢な騎士が冒険から生還することはありえないだろうという大方の予想から、彼に名誉の死を与え死の床で叙階を許そうということになる。

　タリエシンは不思議な繰り返し《ラウンドレイ》を歌うのだが、それはドン・ロサレンドへの助言のように響く。

　確証はないのだが、この吟遊詩人がシー族と関わりがあるという気持がますます強まるのである。

　この繰り返し《ラウンドレイ》はスペイン人騎士に「打ち、切り、束ねるもの」を運んでくるようにと繰り返し命じてい

☆

る。そしてなにか鳥のようなもの、羽根毛のあるものが「生まれる」と暗示している。

ドン・ロサレンドは自室で十二時間の瞑想にはいった。彼はシー族の銀の剣と柳の枝と紐を使いたいと申しでた。彼は名を明らかにするのを拒む小瓶入りの物質、彼の私物だが、それを携えていくだろう。彼はこの物質が入った七個の小瓶を、輝く一角獣を彫りこんだ漆黒の小箱に入れて運ぶ。

われらは勇敢なスペイン人の死を予想しながら、重苦しい気分で、「アラユル場所、アラユル時、アラユル物ノウチニ、ソハ、見出サレム。探シ求ムル対象ガ、探シ求ムル者ヲ悩マシムルトキ」と唱えている。

スペイン人は恐ろしい貯蔵庫から生還した。叙階されたテンプル騎士団員に勝る門外漢の快挙は多くの議論をかもしだしている。

六人の騎士と偉大な導師が、ドン・ロサレンド・タルタロが神器を保管した部屋に入り、閉じた扉のむこうでまる三時間すごしたと証言した。

ついに彼は無事で蒼い光を発しながら、微笑んで現れた。彼はまだシー族の剣と柳の枝は持っていたが、小瓶と紐は部屋に残していた。

伝統の流儀にしたがってわれらは剣の先で彼の体を点検した。そして彼がマントの下に聖杯を隠し持っているのを発見して驚愕したのだった。四人の騎士が地に顔をつけて平伏し、ひとりはその場を逃げた。聖杯は燦然と光り輝き見つめることは不可能であった。六番目の騎士フェネトン卿は臆することなく、ドン・ロサレンドに杯を貯蔵庫に戻すように、さもなければ死は免れないと告げた。

熟慮の末に、偉大なる導師は勇敢な行為に免じてドン・ロサレンドの命だけは助けることにした。し

☆

かし神を恐れぬ不誠実からドン・ロサレンドは即刻司教とともに身のまわりの物を携えてコナー土砦を去るよう命じられ、ふたたび戻るようなことがあれば処刑されると宣告された。

吟遊詩人タリエシンは申しでて彼らに付き添うことになるだろう。

フェネトン・サンダーソン卿は勇敢な行為のために鉄五角形勲章を授与されている。地下のざわめきは完全に止み、地下貯蔵庫のなかは死のように静まり返っている。

尼僧院長の海外逗留に関するこれらの文書には不備な箇所が多くあり、不可解な点が説明されぬまま多く残されている。尼僧院長の死後私は彼女の手回り品のなかにこの二つの巻物を見つけたので、推測するに彼女はこれらをコナー土砦から盗んできたにちがいない。いかにして成しえたかはドニャ・ロサリンダのみぞ知る。

すでに述べたように尼僧院長がスペインに帰国するまでに二年の歳月が流れていた。急使が院長より七日ほど早く到着し、院長のサンタ・バルバラ・デ・タルタルス到着が差し迫ったので万事準備を整えるべしという伝言を告げていた。いささかの不安と大いなる興奮が共同体に浸透していた。

しかし最終的に院長が到着したとき、修道院に入っていく姿を目撃した尼僧はほとんどいなかった。彼女らの証言するように夜明けにはほど遠い零時だったからである。私の部屋はたまたま正面玄関の上に位置していたので、私は馬と馬車の音で目が覚めた。急いで身支度をすると、私はドニャ・ロサリンダの修道院帰還を出迎えに降りていった。

☆

尼僧院長は長い黒っぽいマントを羽織ってはいたが、巨大に膨れあがった腹部を隠すことは不可能だった。出産一か月前の普通の妊婦の少なくとも二倍の大きさはあった。

召使がドニャ・ロサリンダのすべての手回り品を八角形の塔に運ぶと、彼女はゆっくりと大儀そうに歩いて入っていった。尼僧院長代理のガステルム・デ・ハビエルが院長の最後の三日間に付き添った。

三日目に私は尼僧ファビオリーナに塔に召喚されたが、彼女は全責任を負って私を呼んだのであって、塔で起こった恐ろしい出来事を証言しながら失神してしまった。

尼僧院長は死の苦悶の床に横たわっていた。真夜中であった。その恐ろしい光景を思い出すと、私はいまでも悪寒がして震える。ドニャ・ロサリンダは終生華奢であったはずだが、その体は小さな鯨ほど巨大に膨れあがり、石炭のような黒に変色していた。膨らみの度合いが頂点に達したとき、彼女の体はゆっくりと宙に漂い始め、一瞬宙吊りの状態になった。そして突然震えたかと思うと、いままで報告されたどの大砲よりも大きな音が響いて、とても激しい爆発が起こったので、私は壁に吹き飛ばされてしまった。サンタ・バルバラ・デ・タルタルス尼僧院長の遺骸でベッドに残ったのは、ポケットに入れるハンカチほどのわずかな黒い湿っぽい皮膚だった。

刺激性の強い煙霧が、雷雲のように重苦しくたちこめて、死者の部屋にはひどい悪臭が充満していた。この凄まじい光景にショックを受け眩暈がして、私はすぐには小さな物体あるいは燦然と輝く肉体が煙霧のなかで宙吊りになってばたばた動いているのに気づかなかった。しばらくして私はそれが少年であるのに気づいた。彼はメンフクロウほどもなく、白く燦然と輝いて羽根があり、天井の方に羽ばたいて飛んだ。彼は弓矢をもっていたが、彼の体から刺すような光が射していたために、私は細部を観察することができなかった。尼僧院長の死体が発する悪臭ガスは、そのときには麝香とジャスミンのように、荘重でこの上なく心地よい香りに変わっていた。

☆

そのときドニャ・ロサリンダの凄まじい爆発音を聞いて怯えた尼僧たちが、マドリードの司祭ロドリゲス・セペダとともに慌てふためいてやってきた。彼女らが認めたのはえもいわれぬ芳香、神聖の香りとされるものと、翼のある少年が螺旋の階段から望楼に消えていく一瞬の光景だった。もちろん彼女らは彼を天使だと考えたのである。

尼僧院長の死せる肉体の残存物としてわずかな黒い皮膚しか残っていなかったという不愉快極まりない事実にもかかわらず、尼僧たちは彼女を聖人として讃えるのをためらわなかった。それどころか、彼女たちは尼僧院長が天使と神聖の香りを残して、聖処女マリアのように昇天したのだと考えた。皮膚のかけらは引き伸ばされてバラと百合の花々に包みこまれ、後に尼僧院長三人分を収納できるほど大きく華麗な棺に収められて埋葬された。葬儀は修道院の聖堂地下室で行われたが、それについてはすでに述べたと思う。

ロドリゲス・セペダ師と五〇人の尼僧たちは尼僧院長の破裂以後の光景しか目撃していなかったので、私がいかなる証言を申し立てても、その奇跡は天からのものであって断じて地獄の底から起こったのではないという彼女らの信念を変えることは到底ありえなかったであろう。

この文書はサンタ・バルバラ・デ・タルタルス修道院の老齢聴罪司祭ドミニコ・エウカリスト・デセオスによって書かれたものである、九七歳でローマ教皇……(名前は解読不可能)の命により焚刑に処される。

角ノアル神ヨ、汝ニヨリ、ワレラノ敵ノ秘事ヲ暴キ、報復セム。汝ノ名ニオイテ、ワレラニ逆ラウモノヲ排除セム。マコトニ角アル神コソ、ワレラノ敵ニヨリ苦シメラレ、侮ラルルワレラガキリストニシテ、父ナルモノノ名ニ等シ。

☆

読みにくい筆跡のインクが消えかかった脚注には次のような言葉があった。

腐敗なくして御わざの勝利は実現されえない。

いと聖なるものの解放のために、聖杯と、生命の霊気を。

「そしてわが闇は光に変わり、われをめぐる混沌は裂かれたり」。

ここにドニャ・ロサリンダに関する小論文を閉じる。

窓に毛布をかけて灯りが漏れないようにしながら、早朝までかかってその文書を読み終えました。ウインクする尼僧院長の物語とはこれだったのです。最後の爆発には多少めいったものの、私は失望したわけではありません。読みながら大胆で精力的な尼僧院長に魅かれていました。ドミニコ・エウカリスト・デセオス司祭は詮索を続け、最大限の努力を払って破滅的光のもとに彼女の像を描きだそうとしたのです。その筆は尼僧院長本来の純粋なイメージを損なってはいません。彼女はとても非凡な女性だったのでしょう。

私はクリスタベル・バーンズにもっと質問したくなりました。たとえば、尼僧院長の肖像画はどうしてアメリカにあるのか、なぜこの施設の壁にかかっているのかなどです。夜が明けたら、できるだけ早くクリスタベルを見つけて、聞いてみるつもりでした。でも数日間クリスタベルと話すことがで

☆

きないような事件がもちあがったのです。実際私たちの大半が、これから起こる劇的な状況に気を奪われて、そのことばかりを話題にするようになってしまったのです。

☆

モード殺人事件

尼僧院長の記録を読んだ後ぐっすり寝てしまったので、アナ・ヴェルツに起こされて目が覚めました。私を揺り起こしながら、彼女は身振り手振りで何か話しかけていました。彼女が興奮しているのはいつものことなので、私はとくに気にしなかったのです。すると彼女は私に耳ラッパを渡して力づくで耳につけさせようとしました。

「少し前に手に入れたベルベットがあってね、それに刺繍したいと思ったの。それで彼女に教えてもらいたいことがあってちょっと立ち寄ってみたのよ。素敵なベルベットでね、ほんとに新品同様よ、ここに来る前から持っていたのにちがいないわ。ご存知のように、私にはひとりでちょっとした気晴らしをする時間すらないの、それでひとりで坐ってね、布にビーズで素敵な花を縫いつけて楽しむのよ。でもほんとうは他の人が手がけている仕事に関って飛びまわるより、ひとりで何か霊感を受けるような仕事をするほうが歓びを得られるのだけれど、それをわかってくれる人はなかなかいないのね」。

テーブルに耳ラッパをドスンと置くと私は叫びました。「お願いだから、アナ、要点を言って。何を悩んでいるの？」　アナの長話に遠慮しては駄目だとすでにわかっていました。

「そんな大声を出さなくてもいいわよ、いま説明しようとしていたところだから。彼女ときたらまるで流出したスチーム・ローラーみたいに走り出てきて、抵抗する間もないうちに私を摑んで、早口でわけのわからないことを喋ってね、ほんとうにわけのわからないことなのよ、彼女の力がどんなに強いか知っているでしょう、私をバンガローに引っ張りこんだの、そこでは哀れなあのひとが死んで硬直していたのよ。私はもうとてもショックをうけてしまって……」

「アナ」、いまではほんとうに怖くなって私は叫びました。「誰のことを話しているの？」

「誰ってあの哀れなモードよ、わからないの、彼女は昨夜死んでしまったの。みんなほんとうに仰天してしまって、私はあなたが彼女と仲が良かったのを知っていたから、扉をどんどん叩いたのだけれど全然起きないのだもの。それから可哀想なナターチャはね、彼女がどんなに繊細か知っているでしょう？　彼女は寝こんでしまったの。極度に悲しいショックを受けたものだから、ガンビット博士は三錠も睡眠薬をあげなければならなかったのよ。彼女がそれほど可哀想なモードと親しかったとは気づかなかったわ、あなたは知っていた？」

もちろん私も二人がそれほど親しい関係だとは知らなかったのですが、でもチョコレート・ファッジが幽霊のように浮かんできました。ほかの誰かに何かをもたらすはずだったチョコレート・ファッジ。上品な花柄の女らしいブラウスを着てバラの心の白粉《おしろい》をつけていた可哀想なモード。彼女のピンク色のデシンの優美な下着《キャミニッカーズ》をみんな羨んでいたのです、彼女はそれを六か月もかけて縫ったのに。内気で感受性が豊かだったモード、私たちのなかでただひとりの伝統的老貴婦人タイプで、ふさ

☆

ふさとした白髪で、ピンクの頬に白い歯で。もちろん入れ歯だったけれど、でも白かった。

タチアオイとラベンダーが咲き乱れるどこか古風な庭で、咲き乱れるバラの茂みのもとに坐って、優美な下着を永遠に縫い続けるモードの姿がありありと目に浮かびます。

私は恐ろしい知らせに打ちのめされました。とくに彼女がナターチャのイグルーから出てきたのを見たときに、もし彼女に忠告していたら、すぐに医学的判断を求めていたら、彼女を救うことができたかもしれないのです。

このことは私の立場をとても微妙なものにしました。調理場で私が目撃したナターチャとヴァン・トホト夫人の行動を誰かに話すべきでしょうか？　ガンビット博士に報告するのが最良に思えました。とくにナターチャとヴァン・トホト夫人が、当初の殺害計画に失敗し、まだチョコレート・ファッジを作り続けているかもしれないのです。これを話すと、もちろん、ガンビット博士は私がなぜ調理場の窓から盗み見していたのか疑惑を抱くでしょう、私には説得力のある説明が浮かびません。大食いや詮索好きからというのが無難な結論でした。たぶんヴァン・トホト夫人とナターチャは刑務所送りになるでしょう。投獄に年齢制限があるのかどうかはわかりません、とくに殺人に関して。殺害した相手をまちがえても、殺人に変わりはないでしょう。英国では彼女らは明らかに死刑になったでしょう。その場合は沈黙を守ります、誰も私にあえて他人を死に追いやる道徳律を強制はできません。

それはとても悔しい事件でした。可哀想なモード、助けてあげられたかもしれないのに。

☆

朝食時間なので私は着替えたのですが、食欲はまったくありませんでした。アナ・ヴェルツが私に何か話しかけていました。「簡単よ、屋根に上って天窓からのぞけばいいのよ。雨どいを修理するのに使う小さな梯子《はしご》がバンガローの裏手にあるから。雨どいの掃除なんて見たことがないけれど、梯子は実際そこに置いてあるもの。哀れなモードをもう一度見ておきたいわ、もう二度と会えないのですものね。ほんとうに華奢で小さな女性だったわね」。

アナは屋根に上って、モードの死体を見ようと言っているのです。どう考えても恐ろしく不誠実でしょう。でも二人の老婆が屋根に坐っている姿など誰が想像できるでしょう？

ひとに見られずにバンガローに近づくには、木陰に生えているたくさんの雑草を掻き分けて進まなければなりません。私はボーイスカウトになった気分でした。バンガローの裏手の梯子は、古くて腐りかけているようでした。今度だけはアナ・ヴェルツも、黙って用心深く梯子を上り始めました。屋根についたときに、彼女が実況解説するのを義務だと考えないようにと願いました。発見されたらそれこそ恥です。アナ・ヴェルツの後から、私はきしむ梯子を苦労して上りました。バンガローの屋根は平らで、二つ天窓があって、そこから部屋の明かりが漏れています。私たちはモードの部屋が完全に見下ろせる天窓のそばに陣取りました。死はすでにモードの顔を小さく馴染みのない仮面に変えていて、なぜか私は薄切りの末成り《うらな》かぼちゃを連想しました。口は半開きで、非難し驚いたような目が私たちをじっと見上げています。入れ歯は枕元のコップに沈んでいました。歯がないので彼女の顔が小さく見えるのでしょう。白髪はまだふさふさと死に顔にカールしてたれていました。

ヴァン・トホト夫人がベッドの近くに掛けていました。縮んだ肉の固まりのような顔は無表情でしたが、摑みあってでもいるように握りしめた両手には心の動揺がうかがえました。

☆

灰色の作業服を着た見慣れない女が、タオルと黄色い台所用石鹸を入れた皿と水の入ったバケツをさげて入ってきました。彼女はてきぱきと冷静に作業を進めました。当然のように彼女が寝具をはぎとると、死体はまだ服を着たままでした。寝巻きに着替える前にファッジの毒がまわったのでしょう、可哀想に。彼女がヴァン・トホト夫人に肝臓の具合が悪くて偏頭痛がすると言って夕食に行かなかったのを後で私は知りました。みんなが夕食中に彼女は息を引き取ったのにちがいありません。だから誰にも彼女の断末魔の叫び声が聞こえなかったのでしょう。

灰色の作業服の女がモードの服を脱がせていました。それは難しい仕事に見えました、夜のうちに死体が硬直してしまったのです。

次の瞬間アナ・ヴェルツが震えながら私の腕を摑みました。二人は信じられない光景に、危うく天窓から落ちるところでした。なんとモードの硬直した裸の死体は、立派な老紳士だったのです。

アナと私が首の骨を折らずにどうやって梯子を下りられたのか生涯思い出せないでしょう。ともかく地面に降りました。ガンビット博士が二人用バンガローに急ぐ姿が見えたので、私たちはあわてて死者の部屋から遠ざかりました。下生えから出てきたとき、私たちはヒョルヒーナ・サイクスと危うくぶつかるところでした。彼女は茂みの方で水牛の声が聞こえたので確認しようと立ち止まったと言うのです。アナ・ヴェルツは狼男に追いかけられでもしたようにさっと姿を消しました。

「こんな茂みのなかでアナ・ヴェルツと何をしていたのか聞いてもいい?」 髪についた小枝を払いのけていると、ヒョルヒーナは尋ねました。「あなたたちはアフリカ水牛がどっと押し寄せたようなすごい声をあげたのよ」。

☆

「お願いだからそんな大声をださないで」。私は周囲を気にして言いました。「誰かに聞かれると困るわ。蜜蜂の池に来てちょうだい、そこで事情を話すから」。

「哀れな老モードが夜に急性肝硬変で死んだのよ」、とヒョルヒーナは言いました。「ガンビット夫婦が全員を作業場に集合させて、死をいかに新たな自意識省察に役立てるべきかなどと喋っていたわ。モードはチキンを全然食べなかったし、あんなに急に逝ってしまうなんて考えられなかった」。

ヒョルヒーナの命が危険に曝されているかもしれないと疑い始めていたので、私は彼女に不愉快な事件のいっさいを話すことにしました。私はためらいがちに始めました。「モードが肝臓病で死ぬなんてありえないわ、彼女の皮膚はとても艶やかだったもの。肝硬変で死ぬひとは肌が黄色いのよ、ナターチャのように」。

「モードはいつもねばついたピンク状のものを顔にべたべた塗っていたよ」、とヒョルヒーナは言いました、「その下にトルコ石のような青い素顔が隠れていなかったと断言できる？」

「モード・ソマーズは肝硬変で死んだのではないわ」。私たちは蜜蜂の池に着きました。そこにはせわしげに飛び回る蜜蜂のほか誰もいません。私たちは石のベンチに坐り、私はヒョルヒーナにヴァン・トホト夫人とナターチャがファッジに毒を盛りこんだこと、モードがナターチャの後をつけていったこと、その後彼女が致命的な砂糖菓子を盗んだことなどすべてのいきさつを話しました。そしてバンガローの屋根に上って優美で女性的だったモードが実は男だったのを発見した劇的なエピソードも。

「いやらしいコブラ女ども！」　青ざめてヒョルヒーナは言いました。「ファッジは私を毒殺するた

☆

めだったかもしれない。彼女がすべて仕組んだのね」。

調理場のそばでナターチャがヒョルヒーナに申しでたささやかな仲直りのご馳走は慎重に仕組まれた殺人だったのです。

「ただちにガンビットに話してやるわ」、とヒョルヒーナは言いました。「警察を呼ばなくては。これがアメリカなら、二人とも処刑室に送られて電気椅子でジュージューと焦がされてラードになるわ。見届けられるなら、一〇ドル払ってもいい」。

「ここには死刑制度はないわ」、と私はヒョルヒーナに言いました。「でも鎖に繋いで、斧で岩を割る強制労働をさせて、赤い腰布をした巨大なヌビア人に鞭打たせることはできるかもね」。

ヒョルヒーナはしかめ面をしました。「あいつらは女刑務所で素敵な居間をあてがわれ、週二回ファッジ・パーティをして、日曜に心霊術者たちの交霊会をしたりするのよ」。

「もちろん哀れなモードが殺害されたことが証明できればね」、少し考えてから私は言いました。

「ナターチャは、話していたように、鼠退治用に毒入りファッジを作ったと言い張るでしょうね」。

「鼠にわざわざチョコレート・ファッジを作るなんて話を聞いたことがある？」とヒョルヒーナは答えました。「ふつうは腐ったチーズの塊を使うわ」。

私たちはガンビット博士を探しましたが見あたらず、代わりに調理場でトマトスープをかき混ぜているガンビット夫人を見つけました。

「ガンビット博士は今日は誰にも面会されないそうです。博士が困った問題を抱えて悩んでおられるときに、個人的な問題で面会を申しこむなんて二人とも非常識だと思いますよ」、とガンビット夫

☆

人は口を硬く閉じたまま微笑を浮かべて言いました。

「でも急を要する問題です」、とヒョルヒーナは言いました。「すぐにお会いしなければならないのです」。

「いずれにしろ、ガンビット博士は今日は個人的な面談はなさいません」、とガンビット夫人は答えました。「悲しい出来事で動顛してしまって、いつもの日課を続けることが難しいでしょうが、ご自分のバンガローに帰ってお部屋を掃除し自制して秩序正しく過ごされますように」。

これ以上頼んでも無駄なことは明らかでした。翌日のモードの葬儀が終わるまで、私たちがガンビット博士と話ができる機会はなさそうです。これは残念なことでした。きっと彼女の墓を掘り返す手間をかけなければならないでしょう。でもどうしようもありません。

私たちは庭を歩きまわりながら、事件全体を可能な限りあらゆる角度から話しあいました。

「モードが実は男で女に変装していたなんて、夢にも思わなかったわ」、と私はヒョルヒーナに言いました。「あの下着や上品なブラウスを考えてみて。これこそ青天の霹靂《へきれき》じゃない？」

「私はべつに驚かないわ」、とヒョルヒーナは言いました。「モードが到着したその日から、私には男だとわかっていたもの」。

「なぜそんなことが想像できたの？」　私は驚いて尋ねました。「彼女は私たちのなかでいちばん女らしかったじゃないの」。

「私はアーサー・ソマーズがニューヨークで骨董店を開いていたときから知っていたもの」、とヒョルヒーナは言いました。「でも彼は私に害を及ぼすわけでもないし、私が彼の小さな秘密を暴露する

☆

理由もぜんぜんなかった。モードなんて変な名前を選んだのはひとえに彼の問題だしね」。

「でもなぜ老婆だけの施設に入る気になったのかしら」、と私は言いました。「ほかにもっと楽しいことを見つけられたでしょうに。小金は貯えていたでしょうから」。

「そうね、もう事件の核心を知ってしまったのだから、あなたには本当のことを話してあげるわ。いまとなっては哀れなアーサーに迷惑をかけることにもならないし。

数年前アーサー・ソマーズは八番街にちっぽけな店を買って、そこを骨董と称するあらゆる胸糞の悪いがらくたで埋めていったわ。私は隣に以前話したアビシニア人と住んでいたの。それでときどき彼の店に出入りしてはくだらない悩みごとなどを話すようになって、かなり親しくなったわ。そのうちにアーティの骨董店は小さな秘密のビジネスを隠すための見せかけにすぎないのだとわかってきた。彼はレースで包んだ小さなピンクやブルーの針刺しにマリファナを詰めて売っていたの。

彼の客たち、しばしば筋骨たくましい甲板員だったけれど、彼らがなぜそれほどたくさんの華奢な刺繍入りアクセサリーを買いにやって来るのか、その理由を知るまでにはかなり時間がかかったわ。アーサーは自分で針刺しを作ったのよ。だから指先がとても器用になったわけ。彼の店は小さくてとても居心地がよかった。結構多くの人がマリファナを吸っていたわ、意気消沈している人は元気になるのよ。

店の二階に三つ部屋があって、あるとき彼はそのひとつをヴェロニカ・アダムズという風景画家に貸したわ、そう、いま公爵夫人の傘状キノコ型の家のそばのセメント製の長靴型の家に住んでいるあのヴェロニカ・アダムズよ。彼女はいまでも何メートルもあるトイレットペーパーに絵を描き続けて

☆

いるわ。さて、当時彼女はすごい美人で、アーサーは彼女に夢中になった。部屋代を取らなかったくらいよ。ロマンティックに恋したために注意力散漫になって、こともあろうにニューヨーク市警の警官にピンクの針刺しを売ってしまったの。面倒なことになっちゃって、当時グリニッジ・ヴィレッジでもぐり酒場をやっていたナッツ・アイド・ジョンソンに事前に内密情報を貰わなかったら、彼はまちがいなくシンシンかどこかの刑務所にぶちこまれていたでしょうよ。それでアーサーとヴェロニカは国境を越えて、ラレドでナイトクラブを営んだ。ヴェロニカは少しでも時間を見つけては風景画を描いていたわ。彼女はまた客があるときにはサタディナイト・ストリップティーズに出ていたのよ。私は実際そこで彼女を見たことはないけれど、いまの彼女を考えれば察しがつくじゃない。ダチョウの羽根とビーズを着けてね。アーサーが寄せ集めでその衣装を作ったのでしょうよ。

ヴェロニカの体が客を魅了しているあいだは、そんな暮らしを続けていた。引退できるようになって、アルゼンチンで数年暮らしてここに落ち着いたってわけ。アーサーは冒険的な人生を終えるには、老婦人用のホームは趣味がいいと考えた。ただバンガローをヴァン・トホト夫人と共有しなければならないとは予想もしていなかった。悲しい打撃だったけれど、そのうちに慣れたわ。彼はいつも不平を言わずにつつましく振舞ったので、詮索好きなヴァン・トホト夫人でさえ、秘密を嗅ぎつけることはできなかった、ともかくいまの今まではね。これがアーサー・ソマーズの生涯のあらましよ。ここまでうまく生き延びて、まさか老婦人のホームで殺されるなんて予想だにしなかったわね」。

ヒョルヒーナは過去を思い出して悲しそうに見えたので、話題を変えようとしました。「マリファナはどんな味がするかしら?」　私は尋ねましたが、ヒョルヒーナは聞いていませんでした。たぶん

☆

彼女はアーサーとヴェロニカ・アダムズのことを考えていたのでしょう。それとも同棲していたアビシニア人のことを思い出していたのでしょうか。

アーサーまたはモードの葬儀は、簡単に執り行われました。親類は誰も来なかったので列席者はガンビット夫妻だけでした。アーサーまたはモードが男だと知った夫妻の胸中がどのようなものだったのかは誰にも察しがつきません。二人はホームの住民に対してその事実に言及することはありませんでした。ヴェロニカはトイレットペーパーに描き続けていました。彼女の背中はとても曲がっていたので顔が見えず、昔の恋人の死を悲しんでいるのか誰にも判断はできませんでした。

ガンビット博士にどう真相を説明すべきか判断がつかず、ナターチャとヴァン・トホト夫人の忌まわしい計画を考えると不安に身震いして、私はとても寝苦しい夜を過ごしました。このような事件がもうろくした老婦人の施設で起こるなんて到底考えられないことでした。

ガンビット博士はヒョルヒーナと私を昼食の少し前に呼びました。彼の丸々とした顔はいつになく灰色味をおびて神経質そうに引きつっていました。

「実際」、と彼は苛立って私たちに言いました。「神の御《み》わざの助言ならどんなことでもガンビット夫人に聞いて欲しい。私はとても忙しいのだ。要件を簡潔に」。

「いいですとも」、とヒョルヒーナはいつもの度胸のよさで言いました。「モード・ソマーズは殺害されました。肝硬変など患ってはいません」。

ガンビット博士は咳払いのような軋み声を発しましたが、すぐに冷静さを装って言いました。

「ヒョルヒーナ、あなたはもっと真剣に努力して、その病的な想像力を克服しなければならない」。

☆

「病的な想像力なんて糞食らえよ！」とヒョルヒーナは言いました。「レザビー夫人に、調理場の窓から何を目撃したか聞いてください」。

私は一部始終を話しました。

「さて」、とガンビット博士は言いました。「それで話は終わりですか。これほど悪質な名誉毀損の茶番劇は例がない。とりわけヒョルヒーナ、あなたにはショックを受けました、何年神の御わざについて学んでいるのですか。あなた方二人とも、病んだ想像力で自らを苛んでいる。それは人類にもっとも深く根を張った悪徳のひとつです。あなた方には特別の訓練を課さねばなりませんな、この恐ろしい精神疾患を克服してもらうために」。

「頭がおかしいのではありません？」とヒョルヒーナは怒りました。「全員が食事で毒殺されるかもしれない危険に瀕しているのに、そこに坐って心理学についてわめいているだけ。ヴァン・トホト夫人とナターチャは電気椅子に送るべきよ」。

「サイクス夫人」、とガンビット博士は椅子から立ちあがって言いました。「もう十分です。あなたには鎮静剤をあげましょう」。

「ガンビット夫人がナターチャに買った鼠殺しの毒薬はどう考えられるのですか？」　私は尋ねました。「少なくとも彼女に説明を求められるでしょうね」。

「ゴンサレス夫人は」、とガンビット博士はもったいぶって言いました。「実に例外的な女性で、高度なレベルの超感覚的能力を備えておられる。あなたやヒョルヒーナ・サイクスには彼女の心の微妙な構造を理解するのは無理ですな。あなたたちは嫉妬心でわけがわからなくなって、汚いゴシップを

☆

でっちあげたのです。もうお引取りいただきましょう。ガンビット夫人に鎮静剤を出してもらいなさい」。ドアをあけると彼は私たちを書斎から押しだしました。

ヒョルヒーナと私は様々な反応を想像していたのですが、まったき不信の壁に取り囲まれようとは予測していなかったのです。しばらくは口もきけないほどでした。殺人事件についてガンビット夫人と話しあうのは考えただけでも望みなしに思われました。

昼食のあいだ私はヴァン・トホト夫人とナターチャをこっそり監視し続けました。ヒョルヒーナと私は何も食べませんでした。安全とは思えなかったからです。

☆

反乱計画

午後に呼びだされて、平日訪問者用の談話室に急ぎました。思いがけずカルメラを見つけたときには嬉しさを抑え切れませんでした。彼女は長いツィードのドレスを着てとても粋に見えました。

カルメラはテレパシーで何か異変を感じていたのです。夢の中で私が将校とウィンナ・ワルツを踊っていたと言うのです。

「ダンスの夢はオカルト力か面倒な問題を表すのよ」、と彼女は言いました。「それできっとあなたは面倒な事件に悩まされていると思ったの」。

私はカルメラを大好きな蜜蜂の池に連れて行き、可哀想なモード・アーサーがまちがって殺害された経緯や、同じことがいつ何時全員に降りかかるかもしれない事情を包み隠さず話しました。

「ちょっと待って、いま解決策を考えるわ」、持参した大きな蓋つきのバスケットのなかを手探りしながら、カルメラは言いました。「ひとが来る前にチョコレート・ビスケットとポルト酒をあげておくわね。バスケットを点検されるかもしれないので、ポットにポルト酒を入れておいたわ。鉄格子があるなら大きなやすりも入れてきたわ。そんなものはなさそうだけれど、わかったものじゃないからね。何かに襲われるような危険な目にあったら、そのときには役立つわ」

「カルメラ、嬉しいわ。私も何かお返しできればいいけれど、私たちは外出できないのよ」。

「大丈夫よ、気にしないで。猫ちゃんたちは元気よ、それであなたの心配というのは、いつ何時偶然にしろ必然にしろ殺されるかもしれず、どちらでも結果は同じということね。もちろん、誰でも犠牲になる可能性があるのだから、みんなに警告しなくてはいけないわ。それでもガンビット博士が対策をとらなければ、あなたたちは結束して断固ハンガー・ストライキをやるべきよ」。

これはほんとうにすばらしい考えでした、とはいえガンビット夫妻が平然と坐って、全員が餓死するのを見守ることも十分に予想できたのです。私はカルメラにその懸念を話しました。

「心配することはないわ。最悪の場合には私が新聞社に一部始終を話すから」。

私には新聞の大見出しが目に浮かびました。スペイン語で「骸骨の散乱する老婦人ホーム」、とかそのようなものです。気持のいい考えではありませんし、私たちの望む解決策からはほど遠いものです。しかしおそらく毒殺されるのは餓死するより惨めでしょう。それにいとも簡単に餓死を防ぐ方法はあるのです、私たちは食物を入手できる場所に住んでいるからです。ハンガー・ストライキはすばらしい計画ね、と私はカルメラに言いました。

「真夜中に松明《たいまつ》の灯りで対策会議を開きなさい」、とカルメラは言いました。「そして獲物を殺すまではけっして計画を中止しない殺人狂の脅威にみんな晒《さら》されていると話すのよ。それから私が持ってきたチョコレート・ビスケットを一日分の食料として配るのよ。七、八人なら一週間やそこらは生き延びられるはずよ。それまでにガンビット博士は降参しているでしょう」。

☆

「もしガンビット博士が平然と坐って私たちが餓死するのを見ていたら?」と私は尋ねました。「そのときは」、カルメラは言いました。「私がすべての証拠を握っていて、一〇日以内にあなたから手紙を受け取らなければ、新聞に事件の全貌を載せることになっていると通告してやればいいわ」。「ヴァン・トホト夫人とナターチャがチョコレート・ビスケットを取らないように注意しなければね」、私は言いました。

「ビスケットをあなたの部屋の床下に埋めましょう」、即座にカルメラは答えました。「いますぐにね。それにあなたが住んでいる描いた家具つきの望楼を見てみたいわ」。

私の望楼に歩きながら、カルメラは他の住居を興味津々《きょうみしんしん》で眺めました。「あなたの手紙で読んで知ってはいたけれど」、と彼女は言いました。「実際には芸術的どころではないわね。なぜみんなあれほどぞっとするように作られているのかしら? 庭が台無しね、あんな建物がなければとても美しくて心が休まるのに」。

「ガンビット博士は下等な気質から生じる方位振動と称するものに従って、全員にバンガローを選ぶの。私は望楼をあてがわれたわ、それが空室だったというだけよ。ガンビット夫人は、私はゆでたカリフラワーに住むべきだと言うのよ、でもそんな建物はなかったの」。

「なんてひどいことを考えるの!」とカルメラは言いました。「連中はサディストね」。

「私たちは自分の醜い性質の機能を観察しなければならないの」、私は話題を和らげながら、続けました。「ガンビット博士によると、救いに至る唯一の道は内省だそうよ。私たち、とても複雑な運動もしているのよ」。

☆

望楼に着くと、私たちは注意して扉を閉めました。鍵がなかったので椅子をバリケードにしました。それから窓に覆いをすると、ゆるい床板をはずしにかかりました。バンガローは老朽化しているのでそれほど難しい作業ではありません。

「もう行くわ」、とカルメラは言いました。「ここにあまり長く閉じこもっていたら、怪しまれるかもしれないもの。ハンガー・ストライキの詳細を忘れないでね。集会は真夜中に決行すること。頭蓋骨と二本の骨を組み合わせた図柄の旗を入手できれば具合がいいけれどね。シーツを細長く裂いて油に浸し柳に巻きつけて松明にするのよ。できれば蛇油を使うといいわ、あの匂いは刺激的よ。野放しになった毒殺犯が二人いて、食事に毒が盛られる恐れがあり、いったん口にすると恐ろしい痙攣を起こして死ぬと聞かされれば、みんな喜んで協力するわ。庭の人目につかない場所を選ぶのよ。蜜蜂の池が最適ね。住居や殺人者の看視から見えないところにあるわ。

これはもちろん一種の反乱であって、もし当局に発見されれば機関銃を向けられるかもしれない。装甲車が必要ね、それとも小さな戦車かしら、でも入手するのはいくぶん困難ね。軍隊に協力を要請すべきだわ。軍隊に一台古い戦車があるけれど、貸してくれるかどうかわからないわ。ともかく集会は極秘で行うこと。全員が頭巾《ずきん》をかぶって集まればいいかもしれない、捕まって拷問されても誰が誰だかわからなかったと言えるもの」。

カルメラはこのアドバイスを数回繰り返すと、蜜蜂の池の周りの木々のなかに狙撃兵を配備すべきだとか、秘密のラジオ局と暗号電報を伝える太鼓を備えた前哨部隊を設置すべきだとか、最後にいくつか指示を加えて去っていきました。

☆

カルメラの訪問に励まされて、私はかなり気持が高揚して嬉しくなりました。すぐにヒョルヒーナに会って計画を打ち明けましたが、戦車や蛇油や秘密のラジオ局や狙撃兵などのあまり現実的ではない部分は割愛しました。ハンガー・ストライキは望ましいだけでなく、即刻必要だと強調しました。「それ以上にいい考えは浮かばないわ」、とヒョルヒーナは言いました。「今夜集会を開きましょう。夕食後みんないつものようにバンガローに引きこもるふりをするのよ。ガンビット夫妻とヴァン・トホトとナターチャが気持よく毛布にくるまったのを見計らって、私たちは蜜蜂の池に集合しましょう」。

「ヴェロニカ・アダムズと公爵夫人、クリスタベルとアナ・ヴェルツには集会の目的を事前に知らせておきましょう。そうすればおよその見当はつくし、ナターチャやヴァン・トホト夫人に漏らすこともないわ」、と私は言いました。「みんな腹痛がして夕食を食べられないと言えるわ。これはハンガー・ストライキのよい手始めになるわね」。

こうして、私たちは、計画を他の女性たちに知らせに行きました。

☆

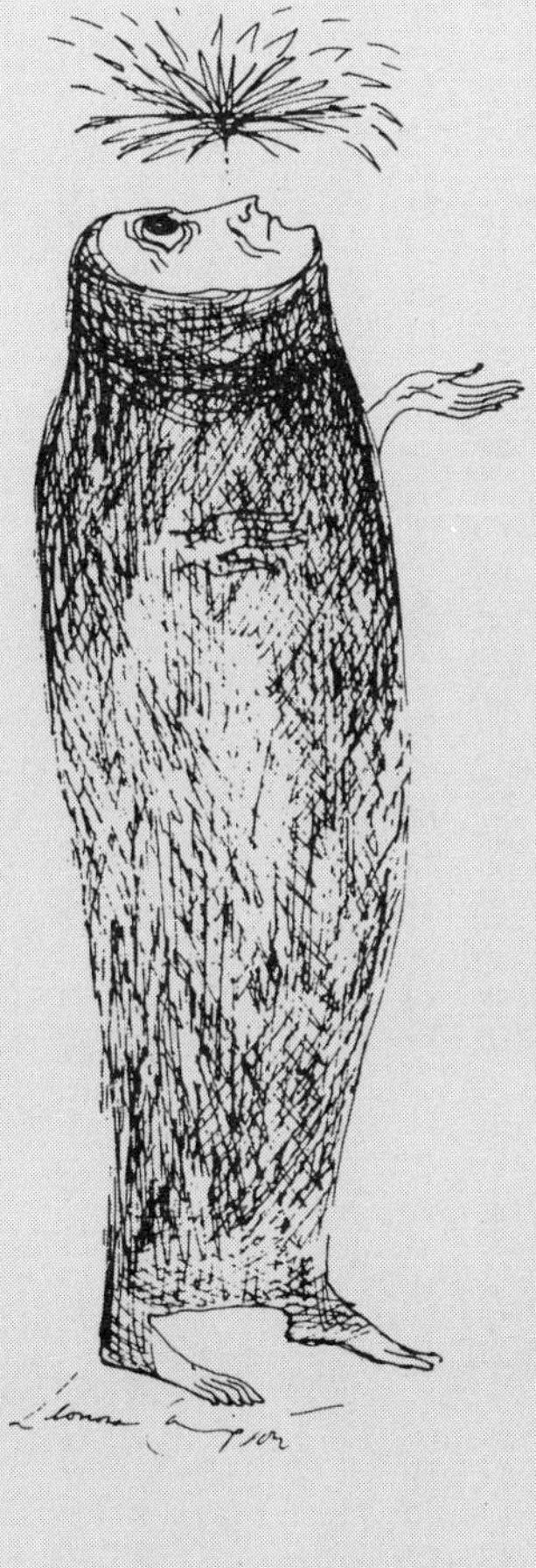

闇夜の集会

その夜の夕食はとても重苦しい雰囲気につつまれていました。料理に手を伸ばしたのはガンビット博士とヴァン・トホト夫人とナターチャだけでした。ガンビット夫人は頭痛がすると言ってアスピリンを持つと早々に自室に引きこもりました。残りの者は坐ったまま三人が食べているのを眺めていました。恐ろしいほど張りつめた空気が感じられました。

「みなさんがなぜ食欲をなくしたのか詮索はしません」、食事が終わるとガンビット博士は言いました。「しかしながらこれだけは言っておきます。神の御わざにおいてはヒステリックな病のはびこる余地はありません。心因性の病は身体の病気と同様に命を縮めます。もしあなた方が故意に自己の下等な中枢に心身を委ねてしまえば、あなた方は堕落して深刻な事態を招くことになるでしょう。

そう言うと彼はテーブル・ナプキンで口を軽くたたき、そのナプキンを丸めて私たち全員が使う動物の骨製のナプキン・リングに入れました。ガンビット夫人によると、毎日ナプキンを取り替えるのは費用がかさみすぎるとのことでした。

ラウンジでの夜の娯楽はいつもほど遅くまでは続きませんでした。ガンビット博士が鐘を鳴らすと、全員がほっとしたように自室に退去していきました。

尼僧院長は嘲るような微笑を浮かべて私たちを見下ろしていました。

その夜は月が出ていなかったのですが、幸いなことに蝋燭がありました。停電に備えて、それもひんぱんに停電したので、各自のバンガローに備えられていたのです。

全員が蜜蜂の池に集合したのは十一時半ごろでした。とても興奮していたので、私は奇妙な事実を見落とすところでした。深夜にもかかわらず蜜蜂が泉の暗い水面上をブンブンうなりながら飛びまわっていたのです。私はその音をどこか眠った意識のなかで聞いていました。いまでもその音は耳ラッパが作りだした幻聴ではなかったかと訝《いぶか》っています。

私は会合で事実をひとつひとつ列挙することから始め、ヒョルヒーナがそれをすべて立証しました。その後ビスケットが配られて議論が始まりました。

私の支給したチョコレート・ビスケットでいつまで持ちこたえられるかについては一抹の不安があるものの、結局ハンガー・ストライキがもっとも現実的な解決策だということで全員の意見が一致しました。

夜気で冷えた体を温めるために私は甘いポルト酒を詰めたポットを持参していたので、みんなでときどき回し飲みしました。もし将来餓死する恐れがなかったら、ほんとうに楽しい集まりになったでしょう。

「私も支給品の甘いビスケットがあるので、みなさんに喜んでさしあげますわ」、とクリスタベル・バーンズが言いました。「夕食抜きで退去したのでお腹が空いてくるだろうと思ってポケットにしの

☆

ばせてきたのですよ。支給品は数に限りがあるので、ひとりに一個しかありませんけれど。レザビー夫人からチョコレート・ビスケットの提供があってよかったわ、とても栄養価が高いのですもの。なんとかしばらく持ちこたえなければなりませんわね、少なくともナターチャとヴァン・トホト夫人は危険なのでホームから追放すべきだとガンビット博士が気づくまでは」。

クリスタベルは全員に柔らかい紙で包んだビスケットを配りました。とても小さくて、一口分にも満たないものでした。

「ビスケットの包みには運勢を書いた紙切れがついています」、クリスタベルは言いました。「みなさんご自分の運勢を読みあげてはどうかしら」。

各自ビスケットを半分にかじって自分の運勢を読みあげました。私たちは池の周りに輪になって坐っていました。順序は月回りでした。ヴェロニカ・アダムズ、公爵夫人、アナ・ヴェルツ、ヒョルヒーナ、クリスタベル・バーンズの順です。私は最後でした。

「あなたは希望を失っているが、ふたたび真実の愛を見出すであろう」、ヴェロニカ・アダムズは読みあげました。

「戦況は有利である、右往左往するなかれ。勝利は目前である」、これは公爵夫人でした。

「労苦がつねにあなたの運命ではない。大いなる変化が訪れる、自信を持つべし」、アナ・ヴェルツが口を挟もうとしましたが、クリスタベルが手を挙げて制止しました。彼女が集まりの議長に相応しいと一同が暗黙のうちに認めました。蝋燭の火が微風で消えそうになりました。

「あなたの勇気と善意はやがて結実するであろう。悪意ある者を恐れるな。やがて彼らは不名誉に

☆

陥るであろう」、ヒョルヒーナは読みあげると、クックと陽気に笑いました。次はクリスタベルで、彼女は読みあげました。「あなたの運命は気高い動機に献身的に奉仕することである」。

私は自分の切れ端を開いて読みあげました。「助けて！　私は塔に幽閉されている」。みんな思わず沈黙しました。クリスタベルはそれ以上の議論を避けるように、ショールの下からとても小さなインディオの太鼓を取り出すとリズミカルに打ち始めました。私たちはそれに合わせて頭を振り足を打ち鳴らし始めました。やがて私たちはとても奇妙な踊り方で、腕を振り体を揺すって池の周りを輪になって踊りだしました。そのときには誰ひとり自分たちの奇妙な踊りを変だと思わなかったようで、誰も疲れを感じませんでした。九〇歳を越したヴェロニカ・アダムズでさえみんなと同じように楽しげに跳びはねていました。私はこれまでリズミカルに踊る喜びを味わったことはありませんでした、若く溌剌とした青年の腕のなかでフォックストロットを踊ったときでさえもです。私たちは不思議な力に霊感を受けているようで、その力は私たちの老いた体にエネルギーを注ぎこんだのです。

クリスタベルは太鼓のリズムに合わせて詠唱し始めました。

ベルツィ　ラ　ハハ　ヘカテよ　来たれ
太鼓に合わせて　地上に来たれ
インカラ　イクツム　わが鳥は　モグラ
赤道は上り　北極は下る
エプタルム、ザム　ポルム、増しゆく力

☆

北方の光　ここに来たり　野生の雁　飛翔せり
インカラ　ベルツィザム　ポルム　太鼓よ
冥界《タルタルス》の女王よ　急ぎ来たれ

この呪文のような歌はあきることなく繰り返されました。すると雲が丸い池の上に垂れこめてきて、私たちは声をそろえて金切り声をあげました。「ザム　ポルム！　ようこそ、ようこそ　すべての蜜蜂の女王！」

雲は分かれて巨大なマルハナ蜂の姿になったように見えました。羊ほどの大きさです。女王蜂の頭には、冥界の星である透明の水晶をちりばめた高い鉄の王冠が載っていました。

見えたと思ったのですが、これはすべて集団的幻覚であったのかもしれません。もっともこれまで集団的幻覚とは何か説明してくれたひとはいないのですが。怪物のような女王蜂は水面をゆっくり旋回すると、透明な羽をものすごい速さで羽ばたかせたので青白い光が降ってきました。女王蜂の顔が私に近づいてきたとき、尼僧院長の顔と奇妙にそっくりなので私は驚きました。そのとき彼女はティーカップほど大きな目の一方で、驚くべきウインクをしました。

それから彼女はゆっくりと色褪せてきて、鋭い毒針は消え最後にカールした触覚が消えると、完全にその姿は見えなくなりました。あとには野生の蜂蜜のかぐわしい匂いが漂っていました。

☆

奇跡的な理由があったのか、誰もその夜のお祭騒ぎを聞いた者はいませんでした。私たちは難なくバンガローに帰りつくと、夢も見ずに深い眠りに落ちました。帰途に着く前にクリスタベルは三日後の真夜中また集合するようにとみんなに告げました。

お互いに暗黙のうちに合意しあって、私たちは蜜蜂の女王「ザム　ポルム」の出現について議論することはありませんでした。しかし私たちは目的を達成する勇気と決意を固めていました。

もちろん三度の食事を前にして、パンのひとかけらさえ口にせずに坐っているのは容易ではありませんでした。ガンビット博士は起こりうる惨状を誇張しながら予言するので、私たちはつねに決意を新たにしなければなりません。一日にビスケット二枚では空腹感も抵抗しがたいものでした。毎日ガンビット博士は説教していましたが無駄でした。私たちは不屈だったのです。

ガンビット夫人は冷ややかな微笑を浮かべながら、飽くことなく皮肉な意見を述べていました。私たちの誰もナターチャやヴァン・トホト夫人には話しかけませんでした。時間がたつにつれて、彼女たちが憔悴してきたのに気づきました。彼女たちは一緒にこそこそとうろついたり、ふいに思いがけない場所に現れたりしました、私たちの会話を盗み聞きしたがっているのは明らかでした。私たちはとても慎重になり、アナ・ヴェルツでさえ声を潜めて手短に話すようになりました。

もうひとつの出来事によって、ハンガー・ストライキを続行するのがますます困難になってきました。気候の突然の変化で、毎朝庭にきらきら光る霜が降りるほど寒くなったのです。これは北回帰線の南に位置する国としては奇妙な出来事でした。真昼には霜は太陽光線で溶けるのですが、寒さは日を追うにつれて増していくのです。食物の貯えがなくて私たちは非常に不利になってきました。誰も毛皮のコートなど持っていないので、毛布にくるまって震えながら歩きまわる始末でした。そんな厳しい試練にもかかわらず、きらめく白い霜を見ていると私は奇妙に嬉しくなってラップランドについ

☆

て考えました。

ガンビット夫人は必死になって全員の参加を求めるのですが、私たちは朝の調理行《ぎょう》をボイコットしました。何も食べていないので働く気にはなりません。あり余るほど時間があったので、私たちは喋ったり夢想したり思索したりしながら怠惰に過ごしました。私はビスケットに入っていたメッセージについて何度も思いをめぐらしました。考えれば考えるほどその不可解な言葉、「助けて！　私は塔に幽閉されている」は切実な気がしてきたのです。

これまで誰かが塔に住んでいるのではないかという気はしていたのですが、それが誰なのかはまったくわかりませんでした。

ある日、火を焚く小枝を探しているとクリスタベルに会いました。私たちは昼食どきに暖をとるために庭で焚き火をする習慣になっていたのです。私は尼僧院長について質問するいい機会だと思いました。たとえばドニャ・ロサリンダの肖像はどのようにしてアメリカにやってきたのでしょう？

「スペイン市民戦争のためよ」、とクリスタベルは答えました。「ドン・アルバレス・クルス・デ・ラ・セルバという名のスペイン人亡命者がファシストから逃れるときアメリカに持ちだしたの。きっとドニャ・ロサリンダの子孫だと思うわ。彼は数年ここに住んだ後に亡くなって、そのあとこの家はガンビット夫妻の手に渡ったというわけ」。

「夫妻はこの家を買い取ったの、それとも借りているの？」　私はクリスタベルに尋ねました。

「ガンビット夫妻はもとの所有者の息子アルベルト・デ・ラ・セルバからその家を借りているわ。持ち主はいま街で食料品店を営んでいるの」。

☆

「塔も借りているのかしら?」　私が唐突に尋ねたので、クリスタベルは少し口ごもりました。

「ガンビット夫妻は実際には塔を使っていないわ。塔の半分には入れないのよ、部屋に通じる階段は壁で塞がれているから。ひとつ鉄格子のついた小さな窓が換気用に壁についているだけよ」。

「クリスタベル」、と私は言いました。「誰が塔に住んでいるの?」

「それは言えないわ」とクリスタベルは言いました。「それはあなたが自分で見つけださなければならないのよ。塔に入るにはあなたは三つの謎々に答えなければならない。最初の謎はこれ

わたしは頭としっぽに　白い帽子をかぶっている
わたしは春夏秋冬いつも　帽子をかぶっている
わたしの太ったお腹に　巻いた帯は暑い
わたしはぐるぐる回るが　脚はない。

二番目の謎はこれ

あなたがぐるぐる回るとき　わたしは動かない
わたしは坐ってあなたを待つ　物音ひとつたてはしない
あなたがぐっと傾けば　帽子は帯になる
新しい帽子ができると　古い帽子は溶ける

☆

脚がないのに　あなたは回る　びっこのよう
わたしは動いて見えるが　動かない
わたしは誰だろう？

もし最初の謎が解ければ二番目の答えも見つかるわ。三番目は一番と二番に関係があるけれどそれほど易しくはないわ。こんなふうよ

片方が坐ると　片方は回る
帽子が変わっても　いつも似合う
かつて　山や岩に住んでいたが
わたしは鳥のように飛ぶ　鳥ではないが
あなたが新しい帽子を手に入れると　わたしの牢獄は壊れる
眠る看守たちは　目覚めるだろう
彼らの土地の上を　わたしはふたたび飛ぶだろう
わたしの母は誰だろう？　わたしは誰だろう？

この三つの謎が解ければ、塔に住んでいるのが誰だかあなたにもわかるわ」。
ひどく気温が下がってきたので、私たちは急いで焚き火をする小枝を拾い集めました。ヒョルヒー

☆

ナ、ヴェロニカ・アダムズ、公爵夫人、アナ・ヴェルツら残りのメンバーは芝生で暖かい火を燃やして、少し硫黄の匂う暖かい泉から直接に汲んできた水を沸かしていました。公爵夫人が買った紅茶は私たちには大変な贅沢でした。

「まるで昔に返ったみたい」、公爵夫人は嬉しそうに言いました。「庭師を買収して紅茶を買いに行かせたのよ。そのあとお砂糖二キロもね」。

「お砂糖ですって！」　私たちはいっせいに叫びました。「ブラボー！」　二キロの砂糖はおそらく私たちの命を救ってくれるでしょう。何人かひどい栄養失調で肺炎になる危険性があったのです。砂糖はエネルギー源にもなるし体も温まるでしょう。その砂糖入りの紅茶は私がいままで味わったもっとも美味しい霊薬《エリキシル》でした。

午後になると雪がちらつき、ほとんどの者が何でも目に入るものを体に巻きつけて丸くなっていました。ガンビット夫人が各自のバンガローを訪れて、ガンビット博士が特別の話があるので全員ラウンジに集まるようにと伝えました。夫人の態度がいつになく丁重だったので、私たちのなかにはさらに警戒感を強める者もいました。

「お掛けください」、ナターチャやヴァン・トホト夫人も含め全員が集合すると、ガンビット博士は言いました。「話はさして長くはかかりませんが、楽にしておられるほうがよろしいでしょう。この数日間で体調を崩された方もいるでしょうから。

明らかに何らかの理由で、あなた方はこれまでのように食堂で食事をするのを拒否されるのでしょう。私としては食事をとられるように説得を続けたつもりですが、無駄のようです。例年にない寒波

☆

に見舞われているため、適切な食物をとらないと健康を害することになりかねません。あなた方はことの重要さに気づいていないようですが。

あなた方はこの数日間理不尽な行動をとって、ホームのメンバーであるナターチャ・ゴンサレスとヴァン・トホト夫人を村八分にしました。二人は非常に悲しんでおられます。この二人は精神的レベルも高くすばらしいご婦人なのですが、あなた方のひどい仕打ちに深く傷つかれました。そしてそれぞれの家族と話しあわれた末に、ご家族が今夜二人を引き取りに来られることになりました」。

拍手喝采が起こりましたが、ガンビット博士はそれを無視して続けました。

「神の恩恵を受けられた二人にあなたたちがとられた嘆かわしい行動は、この施設にとって償いきれない損失となって残るでしょう。将来あなた方が二人の同僚になされた不正を自覚されて、深く悔い改められることを望むばかりです。目下申しあげたいことはこれだけです。いつもの席に坐って普段どおりに夕食をとられるようにと願っています」。

ヒョルヒーナが勇敢に立ちあがると、私たちの代弁者として演説をしました。「ガンビット博士、私たちは危険人物であると考える二人が去っていくことには、後悔の念などありません。二人が去った後一日がかりで食事を調査し監督して、異常がないと判明すれば、私たちは以前のように食事どきに集まります。今後、調理や食事に関しては投票で決めます。食事中にあなたの退屈な説教を聞くのはもううんざりですから」。

ガンビット博士の眼鏡がきらりと光りました。ガンビット夫人は椅子をひっくり返して立ちあがりました。「ヒョルヒーナ・サイクスさん」、彼女はいつもの微笑を忘れて厳しく言いました。「あなた

☆

方にはこの施設を運営する権利はないはずです。明日からは従来どおりの日課に戻っていただきましょう」。

「その件に関しては、あなたとガンビット博士と私たち全員とで話しあうことになるでしょう」、とヒョルヒーナは言いました。「私たちはこれ以上、あなたたちのひどい日課におとなしく従うつもりはありませんから。遅ればせながら自由を手に入れたので、二度とそれを失うつもりはありません。私たちの多くは傲慢で気難しい夫と人生を過ごしてきました。やっと夫から解放されたかと思うと、今度は息子や娘たちに悩まされました。彼らは私たちを愛していないばかりか、厄介なお荷物のように扱い、恥ずかしい代物《しろもの》として馬鹿にするのです。いま私たちは自由を味わいました。あなたや流し目亭主の言うままになると、まさかあなたの暢気《のんき》な頭でも、思われないでしょうね？」

ガンビット夫人の体はわなわなと震えました。先に口を開いたのはガンビット博士のほうでした。

「その件はまた後日にしましょう。無益かつ要をえない話題です」、そう言い残して彼は急いで部屋から出ていきました。ガンビット夫人とナターチャとヴァン・トホト夫人が後に続きました。

ヴェロニカ・アダムズの長靴宅で夜の甘いお茶を飲むために、私たちが戻ろうとしていると、メイドがベラスケス夫人が談話室で待っていると私に伝えてきました。もちろんカルメラのことです。ガンビット博士の態度が変わったのは、彼女のためでした。彼に人間的な思いやりがあるとは私にはとうてい信じられなかったのです。ガンビット夫人は私たちがハンガー・ストライキしているのを面白がり、食費が減って助かるくらいに考えていたのにちがいありません。

カルメラは暖かく心地よさそうな羊皮のマントにくるまって、談話室に坐っていました。「カルメ

☆

ラ」、と私は叫びました。「あなたってほんとうに千里眼だわ。ちょうどいいときに来てくれるのだもの。ビスケットの残りが三個しかないの。公爵夫人が砂糖一キロを手に入れてなかったら、半日は何も食べられなかったわ」。

「あなたから何も言ってこないから」、カルメラは言いました。「心配になってきたのよ。すばらしい計画を実行しようと決めたわ。ガンビット博士と短い会見をして言ってやったの。私には新聞社の記者をしている姪がいて（実際のところ彼女はクッキー作りは上手だけれど、記事が書けるかどうかは疑わしいわ）、老女施設で行われているハンガー・ストライキに非常に関心をもっていますとね。こうも言ってやったわ、もめごとの原因であるお二人がホームから出られるようなことがあれば、私は喜んで二人用バンガローをお借りして、その方たちの食費と住居費の倍額をお払いしますともね。これが効いたのだと思うわ。最後のコメントで、眼鏡の貪欲そうな目がきらりと光ったもの」。

「あなたって天才ね」、カルメラが施設のメンバーに加われば嬉しいと思いながら私は言いました。「でもそんな大金をどこで見つけるつもり？」

「宝物を掘り当てたのよ」、カルメラは謎めいた言い方をしました。「裏庭にあるメイドたちの洗濯場の床下を掘ったら宝物が出てきたの」。

彼女が冗談なのか本気なのかはまったくわかりませんでした。メイドの洗濯場に宝物が埋まっているなんてありえません。まったくありえないとは言い切れませんが。

「宝物って、どんな？」興味をそそられて私は尋ねました。「スペイン硬貨？　インディオの金の装身具？　それとも大量のダイアとルビーかしら？」

☆

「うっかりウラン鉱脈を掘り当てちゃったのよ」、カルメラは言いました。「覚えているでしょう、私の家からこの施設まで地下道を掘ろうという計画を手紙に書いたこと。できるだけ人目につかない場所からこっそり掘り始めたの、そうしたらウラン鉱脈を掘り当てたわけ。姪と私はいまや億万長者よ。競馬馬を何頭かもとうと思っているわ」。

「まあ、カルメラ」、呆然として私は言いました。「信じられないことがほんとうに起こったのね。ヘリコプターは買ったの？　いつも欲しいって言っていたでしょう？」

「実際には」、品よくカルメラは言いました。「リムジンを一台買っただけよ。見てごらんなさい」。正面玄関の前に長くて大きい車体の現代的な車が止まっていました。カルメラの好きな淡いライラック色でした。中国人お抱え運転手がハンドルを握って運転席に坐っていました。彼の制服はピンクのバラ模様を散りばめた黒でした。彼は私たちにうやうやしくお辞儀しました。

私は呆気にとられました。ハンガー・ストライキの影響で幻影を見ているのかしらと思いました。「マジョン」、カルメラは運転手を呼びました。「鰯《イワシ》一箱とポルト酒五ダースを運んできてちょうだい」。車から飛びだした運転手が箱を取りだそうとして車のトランクを開けると、カルメラの大好きなカタロニアの民族舞踊曲《サルダナス》が流れました。

カルメラと私の後から運転手のマジョンが一〇〇個の本物のポルトガル産鰯の缶詰が入った豪華な箱を持って私のバンガローまで運びました。

午後に降り始めた雪はさらに激しく降り積もって、庭はすでに白一色でした。

「いまごろにしては変な気候ね」、カルメラは言いました。「スウェーデンにいるみたい。あそこで

☆

は、地球がひっくり返ったら、両極の雪の帽子が溶けて、両極の代わりに赤道に新しい雪の帽子ができるって言うそうよ」。

私の心に閃くものがありました。もちろんあの謎々です。

わたしは頭としっぽに　白い帽子をかぶっている
わたしの太ったお腹に　巻いた帯は暑い
わたしはぐるぐる回るが　脚はない

答えはもちろん「地球」です。なぜすぐに思い浮かばなかったのでしょう？　ふいに私は怖くなりました。モンテ・カルロは赤道直下にあり、ビアリッツに雪が降れば北極と南極が動いている兆しだと思いこんでいた母のたわいない考えが、実際には予言だったとしたらどうでしょう？　こんな移動は地球の住民に大災難をもたらすでしょう。私は眩暈がしました。

「明日来るときに」、カルメラは言いました。「みんなに私のような羊皮のマントとトップブーツを持ってきてあげる。あなたたちが凍え死しなかったのは奇跡だわ」。

「あまり散財してはだめよ」、私は言いました。「来週には文無しなんてことにならないように」。

「心配ないわ」、カルメラは答えました。「億万長者なのだもの。使い尽くしたくたってできないほどよ。姪のプレゼントに街でいちばん大きいエレガントな喫茶店を買ってあげたくらいだから」。

「では街に豪華な宮殿を買いなさい。贅沢なものなんて何もないこんな施設に入るより」。

☆

「友だちといるのが好きなの」、カルメラは答えました。「それに贅沢品は自分で持ってこられるもの。名前は思い出せないけれど、誰かの名前にちなんでつけたあの歩く山のようにね」。

「ダンシネインの森でしょう、シェイクスピアが歩いていると言った［＊『マクベス』五幕三場・バーナムの大森林が、ダンシネインの丘に攻め登る］。まちがっているかもしれないと思いながらも私は言いました。

「森でも山でも平気よ」。マジョンが望楼の壁面に沿ってポルト酒のビンを並べるのを見ながら、カルメラは言いました。彼は高価な鰯の缶詰が詰まった箱をテーブルに置きました。

「ここはほんとうに冷えるわね」、カルメラは言いました。「私のマントをあなたに残していくわ」。

「駄目よ。悪いわ」、私は言いましたが、内心はそう願っていました。

「車に素敵な熊皮のひざ掛けを置いてあるの」、カルメラは言いました。「マジョン！」

「はい、奥様」。

「車から熊皮のひざ掛けを取ってきて。このマントはレザビー夫人にお譲りしますからね。羽織るものなしに今夜ここで寝たら、このひと肺炎に罹《かか》ってしまいますから」。

「はい、奥様」。私は一応辞退したのですが、彼は立ち去りました。寒さはいちだんと厳しくなり、さらに刻々と募っていくようでした。

「両極がまちがいなく移動していると思うわ」、カルメラは言いました。「必ず飢饉《ききん》が起こるわ。明日買いものして必需品を持ってきてあげる。いずれきっと飢えた狼の群れと戦わなければならない羽目になるわ」、自分の予測を楽しんでいるように彼女は言いました。そしてさらに精密な仮説をたてました。「アフリカやインドに生息する象たちは、この寒さを生き延びるために毛がどんどん伸びて

☆

きて、マンモス化するでしょうね。適応できなければ熱帯の植物相や動物相は消えてしまう。とりわけ動物たちのことを考えると、私たまらなくなるわ。幸いほとんどの動物の体は毛で覆われているし、寒さに対応してすぐに生えてくるでしょう。肉食動物には獲物となる人間にはこと欠かないわ、いま起こりつつある危険を予測できずにただ食われてしまうしかない人間たちのことよ。それというのも人間が自慢しているあの恐ろしい原子爆弾のせいよ」。

「あなたは私たちがまた氷河期に突入していると言っているの？」　やりきれない気持で私は尋ねました。

「そうよ。すでに始まっているわ」、カルメラは理路整然と言いました。「もしすべてのひどい政府が議会という統治宮殿に凍りついてしまえば、それは詩的正義だと言ってもいいほどよ。実際彼らはいつもマイクの前に坐っているから、凍死するチャンスがあるってものよ。哀れな国民を大量殺戮に追いやった一九一四年以後の、それはすばらしい変化になると言えるわね。

何千万という人間がこぞって『政府』を自称する病んだ紳士集団に服従するなんて私には理解できないわ！　思うに政府という言葉が人々を脅しているのよ。それは一種の世界的催眠状態でとても不健康よ」。

「昔からずっとそうだったわ」、私は言いました。「不服従や革命と呼ばれるものを起こせる人間はほんのわずか。ときにいたとして、もし革命に成功しても、より大規模な政府を、ときに以前の政府よりもっと残酷で愚かな政府を作りあげた」。

「人間ってほんとうに厄介よね」。カルメラは言いました。「みんな凍死するといいのだわ。どんな

☆

権威者もいっさいもたないほうが好ましく健康的ね。広告にも映画にも、政治家や議員からも何をすべきかどう考えるべきかなどと強制されずに、ひとは自分で考えるべきよ」。

マジョンは熊皮のひざ掛けを持って戻っていました。カルメラは私にマントをくれると、自分はそのひざ掛けにくるまって中国人運転手の腕にすがりながら去っていきました。

「明日の正午には来るわ」、振り返ってカルメラは言いました。「あの二人用バンガローを消毒させといてね。殺人が行われた後では、あそこの波動はとても不快なものでしょうから」。

カルメラは夜に消えていきました。私は気持よく暖かいマントをまとい、鰯とポルト酒の酒盛りに老女たちを招待しようと元気よく歩きだしました。

二人用バンガローとナターチャのイグルーの扉は開いたままで、雪が空になった部屋に吹きこんでいました。ナターチャとヴァン・トホト夫人はすでに去っていました。どこに行ったのか誰も知らず、また知ろうとする者もいませんでした。

☆

天変地異・世界の子宮にて

明け方に私は起きあがって外を見ました。雪は降り続いていましたが、ほの暗い庭は楽しげに見えました。驚いたことに、こんな早朝なのに何人かの婦人が本部の建物に歩いていくのが見えました。ナターチャとヴァン・トホト夫人がいなくなったので、食堂で朝食をとる気持になったのでしょう。みんな缶詰の鰯で豪華に食事をし甘い美味しいポルト酒を流しこんでいたので、それほど空腹だとは考えられないのですが。それは宴会ともいえるものでした。でも何日も断食を続けた後では大いに食欲があるのでしょう。私はゆっくり服を着ると、まだ解いていない二つの謎々を考えました。

あなたがぐるぐる回るとき　わたしは動かない
わたしは坐ってあなたを待つ　物音ひとつたてはしない

こんなことができるのは何でしょう？　もし最初の詩が地球に関係があるとすれば、二行目の詩は太陽に関係があるのでしょうか？　太陽は動くように見えるからです。でも三行目はふたたび「帽子」が

☆

変われぱと強調するのです。

あなたがぐっと傾けば　帽子は帯になる
新しい帽子ができると　古い帽子は溶ける

帯は明らかに赤道のことです。「新しい帽子」とは古い赤道の上にできた新しい両極のことでしょう。こう考えるのが妥当で、わざと難しく曖昧にした言い方でないとすれば、動くように見えて動かず坐っている観察者とは太陽以外にありえません。太陽が姿を現すために、両極は赤道と位置を変える必要はありません、太陽はそうでなくても現れるのですから。

脚がないのに　あなたは回る　びっこのよう
わたしは動いて見えるが　動かない
わたしは誰だろう?

これは何でしょう?　なぜ回る地球はびっこに見えるのでしょう?
答えは見つかりません。もうろくして軋む頭で謎々を解こうとしても無理なほど年をとったのでしょう。少し気分を害して、私は暖かい羊皮のマントに身をくるむと雪のなかに出て行きました。太陽はまだ昇らず、夜明けはいつもより長びいているようでした。空はどんよりと曇っているので太陽

☆

が見えなかったのかもしれません。

雪は膝ほどの高さにまで積もっていましたが、厳しい寒さのために粉状でさらさらと乾いていました。他の仲間が古い毛布の類を体に巻きつけているのに、こんなに素敵な暖かいマントを着ていて悪いなと思いました。もしカルメラが何枚かマントを持ってきてくれなければ、この大きなマントを裁断してみんなにベストを作ろうと思いました。それで気管支は暖まるでしょう。私たちの年齢では肺の異常を軽視してはならないからです。

庭でただひとつ緑が残っている場所がありました。窪んだ岩が周囲をすっぽりと取り囲んでいて、そこでは地下から温泉が湧きでています。あたり一面雪景色のなかで、この暗い暖かい深みを囲む緑の輪は不自然に見えました。ガンビット夫妻は屋内温泉風呂を造っておくべきだったのです。そうすれば私たちはリューマチに罹《かか》った関節を温泉に浸すことができたでしょう。硫黄を含む水はリューマチに効くはずです。おそらく夫妻は自分の所有ではない地所にそれほどお金をかけたくなかったのでしょう。でも地主なら自分の地所に自然に湧きでる温泉を利用して、素敵な湯治場をつくれたでしょう。彼は食料品店を営んですでに十分貯えがあるはずです。

公爵夫人が追いついてきたので、暖かいマントで一緒にくるんであげました。彼女の顔は寒さで青くなっていました。

「変な気候ね」、彼女は私の左耳もとで大声をあげました。

「ええ、ほんとうに。いまごろこんな気まぐれな気候なんて初めてね」、最近は耳ラッパに紐をつけてロビン・フッドふうに首から紐で吊るしていたので、耳に当てながら私は答えました。

☆

「気まぐれではないわ」、公爵夫人は言いました。「変だと言ったのよ！」

「ええ、ほんとうに変だわ。そのうち地質学者が難しくて訳のわからない報告をしてくれるでしょうけれど」、私は答えました。「北回帰線の南でこんなに雪が降るなんて、どう考えてもただごとではないわ」。

「雪だけじゃないわ」。公爵夫人は答えました。「朝十一時なのに太陽が昇っていないのもただごとではないわ！」

私の頭の薄くなった白髪が逆立ちました。太陽が昇っていなかったのです。地殻の表面でほんとうに異変が起こっているにちがいありません。私はぞっとしましたが、興奮してもいました。ラウンジでは暖炉に火が入り、老婆たちはみんなコーヒーカップを手に暖炉を囲んでいました。みんな活発に異常現象について話していました。

「アシカがここに移動してくるといいわね」、とアナ・ヴェルツが言いました。「アシカはすばらしく利口よ。庭で芸を教えられるし鰯を食べるわ」。「太陽がほんとうになくなれば」、ヒョルヒーナは言いました。「この惑星に残るのは北極の菌類だけよ。いずれそれらも消滅していくでしょうけれどね」。みんなの差し迫った問題は衣類でした。カルメラが約束を忘れたときには、私はマントを小さく裁断すると申し出ました。これは少なくとも気管支の保護にはなるので、みんなはこの申し出を受け入れました。

「巨大な北極熊に絶滅させられるまでにはまだ時間はあるわね」、アナ・ヴェルツは続けました。彼女は北極熊しか考えられなくなったようでした。「大きな北極熊は恐るべき敵かもしれないけれど、

☆

でも私の考えでは、どんな動物でも優しく取り扱えば友好的よ。まずとても優しく注意深く接することね、夜にミルク入りのボールとか熊の大好物の塩タラを一切れ外に出しておくの。徐々に慣れてくると頭を撫でられるし、バンガローの中に眠りにくることだってあるわ。そうすると体温で室温は上がるわ。通常の荷馬車馬の大きさの北極熊が一、二匹いたらとても暖かいはずよ」。

「室温といえば」、ヒョルヒーナが言いました。「夜折りたたみ式ベッドをここに持ちこんで火の番をすることを提案するわ。火が消えれば生き残って話などできないもの。私たちは地球上で最後の生存者かもしれないのよ」。

暖炉の上の真鍮時計はすでに正午をさしていましたが、薄暗い太陽は明るくならず、雪は相変わらず激しく降っていました。外では木々に雪が積もり、一、二本バナナヤシが雪の重さで倒れていました。

アナ・ヴェルツは調理場で乾いたパンを取ってくると、ベランダの鳥たちに投げました。

「とても寒がっているわ、可哀想に。急に餌がなくなったのよ」。実際に鳩や雀や大鴉が雪の上で餌を探して歩きまわっていました。木の上で鳥たちがさえずり始めたかと思うと静かになりました。夜か朝か区別がつかなかったのです。真鍮時計がなければ私たちにも区別がつかなかったでしょう。

ガンビット博士が訪れるかもしれないので、ヒョルヒーナはすべてのドアに鍵をかけていました。博士が暖炉をともすことに反対する可能性があったからです。

「あいつがまた不愉快な説教をしに来たら」、ヒョルヒーナは言いました。「縛り上げて猿轡《さるぐつわ》をはめてやるわ。とどのつまりは六対二だってことよ」。

☆

私はカルメラが心配になってきました。正午までに来る約束でした。道路が雪に覆われて車で通り抜けるのが難しいのかもしれません。

私のように十一時なのに夜明けだと思って、寝過ごしたのかもしれません。

芝生に群れる鳥の数が増えてきて、もっとも大胆なものたちがベランダに跳ねあがるとパンのかけらをついばみ始めました。熱帯地方の海岸に生息する鷗やペリカンや小さな白い鶴のような海鳥だけでなく、オオハシやオウムらもやってきたのには驚きました。

全員が窓辺に立ってその光景を眺めていました。ふつう夜明け前の薄明かりのなかでは鳥の種類を見分けることは難しかったのですが、このように近くにやってくると雪を背景にはっきりと見えたのです。

突然表門の大きなベルの音が鳴り響き、家の近くにいた鳥たちは驚いて飛びあがりました。私はヒョルヒーナと表門に行きました。私たちは嬉しくなりました。カルメラのライラック色のリムジンが表門の脇に駐車していたのです。

「門の扉を開けてよ」、カルメラが窓から頭を出して言いました。「車を庭に入れるわ。ヘッドライトを利用するのよ、停電しても大丈夫なように」。

カルメラが車に合うように新しいきれいなライラック色のかつらをかぶっているのに気づきました。真っ赤なひどいかつらより似合っていると思いました。息を切らせてヒョルヒーナと私は両開きの大きな扉を開けました。明らかにドン・アルバレス・デ・ラ・セルバの死後ずっと閉じられたままだったのです。マジョンが車を中庭まで入れると、そこで車はずるずると滑って止まりました。雪が

☆

とても深く積もっていたので庭の奥まで車を入れるのは不可能でした。

「万事うまくいくわ」、私はカルメラに言いました。「ラウンジは占拠したし、ガンビット夫妻をなかには入れないもの。彼らが平和的に出ないかぎりはね」。

「上出来ね」、カルメラはいいました。「みんなが一か所に集まれば燃料も節約できるわ」。

マジョンが荷物入れを開けるとサルダナスの美しい旋律が流れました。彼はいろいろな種類の荷造りした箱を運びだしていました。車には天井までものがぎっしりと積みあげられていました。羊皮のマントや、トップブーツや石油ランプ、石油、傘、帽子、ジャージー、植物、十二匹の落ち着きのない猫たち、そのなかに私の猫もいて嬉しくなりました。

カルメラがドアを開けると、猫がいっせいに飛びだして、怒ってシュッという音をたてながら走り去りました。「そのうちおとなしく帰ってくるわ」、カルメラは言いました。「私、用心して乾しタラをマントにしのばせておいたの。猫ちゃんはすぐに私の匂いを頼って戻ってくるわ。迷子になんかならないわよ」。

マジョンが荷造りした箱を運んでいるとき、カルメラは持参した長いリストを見ながらひとつひとつ品物を確認しました。

「キノコの胞子。豆、ヒラマメ、乾しエンドウ豆と米。草の種、ビスケット、魚の缶詰、種々とりどりの甘口ワイン、砂糖、チョコレート、マシュマロ、キャットフード缶、化粧クリーム、紅茶、コーヒー、薬箱、小麦粉、スミレのカプセル、缶詰スープ、小麦粉の大袋、裁縫箱、つるはし、タバコ、ココア、マニキュア液などなど」。雪に閉ざされても十分な備品がありました。

☆

「晴れたらすぐに星座表を使ってみるわ」、カルメラは言いました。「そうすればすぐに何が起こっているのか正確に把握できるわ。この三か月天文学の学生と親しくなって、使い方を習ったの」。

「両極の移動について、あなたなら理解できると思うわ」、クリスタベルが私に解くようにと教えてくれた謎々を頭に浮かべながら、私は言いました。「昨日から太陽が昇っていないのよ」。

「金持になったとたん、ひとがどれほど友好的になるか驚くほどよ」、カルメラは考えこみながら言いました。「天文学の学生がほんとうにプロポーズしたのよ。でも彼はまだ二二歳でちょっと無謀でしょう。それに二度と結婚する気はないわ」。

私たちはすべての支給品をラウンジに積みあげました。なかはそれほど暖かくなくて、ガンビット夫妻が物置に集めた薪の備蓄は少なく、もう一昼夜もつかどうかわからないほどでした。いままでは薪の火で夜十分暖がとれたので石炭はありませんでした。

カルメラはみんなに羊皮のマントとトップブーツとウールのソックスと帽子を配りました。全員が北極圏限界線に半世紀取り残された北極探検隊のように見えました。

「マジョンが調理場を受けもつわ」、カルメラは言いました。「すばらしく経済的なコックよ」。

「ガンビット夫人はどうなるの？」　ヒョルヒーナが尋ねました。「調理場は彼女の聖域よ」。

「ようすを見みましょう、仕事がなくなって喜ぶかもしれないし」。

私たちはラウンジに腰を据えました。午後四時だというのに夜のように暗く、雪は降りやんでいました。

☆

少しずつ雲が切れてすばらしく澄んだ星空が見えてきました。カルメラは星座表を開き、全員が星の位置を確かめようと庭に出ました。厚紙の円盤型の星座表には、地球から見える星の地図が描かれていました。その上で別のプラスティック製の円盤を回転させて、私たちから見える星を探すのです。厚紙の円周付近には移動する星に呼応する地上の日付についての複雑な仕組みと思われるものが描かれていました。円盤の中心には小さな穴が開いていました。

カルメラは効率的に円盤を操って、すぐに日付と時間を割り出しました。

「北極星が円盤の中心に見えるはずよ」、彼女は私たちに言いました。「そうやって動いているほかの天体の位置を見つけるの。もし地球の両極が傾いて磁場が入れ代わることがあれば、北極星の位置がちがって見えるかもね」。

私の声ではない声が私のなかで詠唱しました。

あなたがぐるぐる回るとき　わたしは動かない
わたしは坐ってあなたを待つ　物音ひとつたてはしない
あなたがぐっと傾けば　帽子は帯になる
新しい帽子ができると　古い帽子は溶ける
脚がないのに　あなたは回る　びっこのよう
わたしは動いて見えるが動かない
わたしは誰だろう?

☆

もちろん北極星だったのです。星座表がなければけっして思いつかなかったでしょう。私たちが最初に星座表を買ったとき、中心を北極星に固定すべしと言われたのを忘れてはいなかったのですが。

カルメラは松明の明かりで円盤を調べていました。北極星は見つかったのですが、ほかの星座の星の正確な位置が確認できなかったのです。

不思議な青白い閃光がときどき空に光りました。そよ風ひとつないのに木々が揺れていて積もった雪が枝から地面に滑り落ちました。空を背にして家が動くのが見えました。木々が激しく揺れたので突風が吹いたのかもしれません。しかし凍りつく空気は静かでした。雪面に亀裂が生じて、家が苦悶するようにうなり声を出し、物が落ちる音が聞こえました。

「地震よ！」ヒョルヒーナは叫ぶと倒れないようにヴェロニカ・アダムズにしがみつきました。

「塔を見て！」

建物の塔の部分が火事になったように突然赤く輝きました。大きな石造りの塔が左右に揺れると、ひび割れのような爆音が響き、壁が割れた卵のようにぱっくりと開きました。炎の舌が裂け目から槍のように噴出し、鳥のような翼のある生き物が姿を見せました。それは一瞬粉々になった塔の端に止まったので、私たちには異常な姿が見えたのです。体は内から発する光で明るく輝き、腕はなくて人間の姿で輝く羽根に覆われていました。六つの大きな翼が体から伸びて、いまにも飛びたとうと震えています。それから鋭い長い笑い声を響かせて、空中に飛びたつと北にむかい私たちの視界から消え去りました。

☆

かつて　山や岩に住んでいたが
わたしは鳥のように飛ぶ　鳥ではないが

それはセフィラでしょうか、でもこの息子の母とは誰なのでしょう?

気がつくとクリスタベルが奇妙な微笑を浮かべて私を見ていました。もうそれ以上考えずに私は言いました。「地球が最初の答えね。二番目の答えは北極星で、三番目はセフィラ。彼の母が誰なのかまだわからないわ」。

彼女はキャッキャッと甲高い声をあげて笑いました。その声は私以外には聞こえませんでした、みんな翼が六つあるセフィラを食い入るように見つめていたからです。

「ついていらっしゃい」、彼女は言いました。「いま国々にパニックの種を撒こうと逃れていったセフィラの母が誰なのかわかるわ」。

眠る看守たちは　目覚めるだろう
彼らの土地の上を　わたしはふたたび飛ぶだろう
わたしの母は誰だろう?　わたしは誰だろう?

私たちはみんなから離れて空を見つめながら塔に向かいました。すべてが静かになっていて、空はどんよりとしてさらに雪が降りそうでした。近づくと、大きな裂け目からまだ煙がくすぶっていて、私

☆

はまだ燃えているにちがいないと思いました。私たちは地震で蝶番《ちょうつがい》がはずれてしまった扉から入りました。強い硫黄の臭いがあたりにたちこめていました。

「上に行く、それとも下？」塔の中に入るとクリスタベルは尋ねました。螺旋階段が塔のてっぺんに通じていました。階段の一部はすでに崩壊していて、壁の大きな割れ目から夜空が見え、雲が湧きでて動いていました。足元に割れ目がぽっかりと口をあけていてそこから階段が下方の闇にうっすらと通じていました。地下から吹いてくる生暖かい風が私たちの顔を撫でました。

上に行く、それとも下へ？　答える前に私は身を乗りだして暗闇を凝視しようとしました。何も見えませんでした。

それから私は目を上げました、すると切れた雲の間でいくつか明るい星が光っているのが見えました。それは果てしなく遠く見え、空気は非常に冷えていました。

「下に行きましょう」。暖かい風が地球の内部から吹いてきたので、私はやっと答えました。火葬場に降りていくほうが塔のてっぺんで凍死するよりは良かったのです。

戻ろうと思えば戻れたのですが、好奇心が恐怖に勝っていました。

「あなたはひとりで降りていかなければいけないわ」。クリスタベルはそう言うと、私が答える間もなく夜の闇に消えて行きました。

それほど寒くなかったらやはり戻っていたでしょう。私は恐怖に襲われていました。そのとき冷たい風がマントを吹き抜けたので、石の階段を一歩一歩ゆっくり降り始めました。

階段はかなり広くなっていましたが、とても暗いので落ちないかと不安でした。自分の手すら見え

☆

ない状態でした。覚束ないなかを手探りで壁をみつけると、それにすがって降りていきました。

しばらく階段はまっすぐ下に伸びていました。それから急に曲がったかと思うと、壁面は、いま私がしているように多くの人間の手が撫でたのでしょうか、丸みを帯びて滑らかになりました。注意して曲がると、暗闇は炉火の光のように揺らめく明かりに変わりました。さらに二〇歩ほど降りていくと、地面は平らになって長い廊下に続き、その向こうに岩をえぐって作った大きな円形の部屋が見えました。刻んだ柱が、部屋の中央で燃える火に微かに照らしだされた丸天井を支えていました。その火は燃料もなく燃えているようで、岩床の窪みから直接に炎が跳ねていました。

廊下の突き当たりに最後の階段があり大きな円形の部屋に通じていました。階段を下りると硫黄の臭いがしました。洞穴は調理場のような暖かさでした。

火のそばに女が坐って鉄の大釜をかき混ぜていました。顔は見えなかったのですが、知り合いのような気がしました。服のようすと頭のうつむき加減でどこかで会ったような気がしたのです。

私が火に近づいていくと女は大釜をかき混ぜるのをやめて立って挨拶しました。お互いに顔を見合わせたとき、私は心臓が痙攣して止ってしまうほどでした。目の前に立っている女の顔は私の顔だったのです。

たしかに彼女は私ほど背は曲がっていないし、身長もいくらか高いようでした。一〇〇歳年下だったかもしれないし年上だったかもしれない、彼女には年齢がなかったのです。容貌は私にそっくりでしたが、表情はより快活で知的でした。目は濁りも充血もなく動作は軽やかでした。

「着くのに時間がかかりましたね。来られないのではないかと思いましたよ」、彼女は言いました。

☆

重い石のように年齢の重みを感じて、私は口ごもってうなずくだけでした。

「ここはどこですか?」　体は震え体重で膝が曲がってぼろぼろになりそうに感じながら、やっとのことで尋ねました。

「地獄です」、微笑みながら彼女は答えました。「でも地獄とは一般的な呼び名にすぎません。実際にはここは世界の子宮であり、ここからすべてが生まれます」。こう言うと彼女は沈黙して探るような目で私を見ました。彼女は私の質問を待っていたのですが、私の心は凍った大きなマトンの塊のように無感覚でした。ひとつ質問が浮かんで、馬鹿げているように思えましたが聞いてみました。

「もし私が塔のてっぺんに登っていたら、誰に会ったでしょうか?」

彼女は声をあげて笑い、私には自分自身の笑いが聞こえました。でもその笑い声はいままで聞いたことがないほど陽気に響きました。

「さあね。おそらくハープを演奏するたくさんの天使たち、それともサンタクロースかしら」。とめどなくたくさんの質問が跳ねるように心に浮かんだのですが、どれも馬鹿げている気がしました。「私たちのどちらがほんとうの私でしょうか?」　私は大声で尋ねました。

「あなたが決めることです」、彼女は言いました。「決めたらどうすべきか教えてあげましょう」。

「でもあなたは私に決めて欲しいのですか?」　彼女は尋ねました。彼女は私よりはるかに利口そうだったので、私はうわずった声で答えました。

「ええ、どうかあなたが決めてください。今夜私はいつもほど明晰ではありませんから」。

彼女は頭の先から足の先まで批判的な目でじっと私を眺めると、もう一度視線を頭に戻して独り言

☆

のようにいいました。「モーゼのごとく老い、セツのごとく醜悪。ブーツのごとく頑丈で、九柱戯のごとく他愛ない。しかし肉が少ないので飛びこみなさい」。

「何ですって？」聞きちがいを祈って私は尋ねました。彼女は真顔でうなずくと、長い木の匙でスープを指しました。

「スープに飛びこみなさい。この季節には肉が乏しいのです」。

私はあまりの恐怖に声が出ず、彼女が人参と玉葱の皮をむいて泡立つ大釜に投げ入れるのを見ていました。名誉ある死を遂げようなどという自惚れた気持はさらさらありません。でも煮出しスープの肉になって人生を終えようとは予想もしなかったことです。私の肉汁の風味をひきたてる野菜を剥ぐ彼女の無造作なようすには、身がすくむほどの不吉さがありました。

彼女はナイフを石の床で研ぐと、親しげに微笑みながら私に近づきました。「怖くはないでしょう？」彼女は言いました。「あっという間にすみますよ。それにこうなることを望んだのはあなただったのです。誰もこの地下に来るように強制したわけではないでしょう？」

私はうなずこうとしたものの後ずさりしました。膝がガクガクと震え階段に逃げようとしたのに、逆に蟹のようにすり足で一歩一歩大釜に近づいていくのです。手の届くところまで近づくと、彼女は突然尖ったナイフを私の背中に突き刺しました。苦痛の叫び声をあげて、私は沸騰するスープにまっ逆さまにころげ落ち、苦難にあえぐ仲間の人参や玉葱たちと一瞬激しく苦悶したのち硬直しました。

破壊の衝撃のあと雷のような轟音が轟いたかと思うと、私は大釜の外に立ってスープをかき混ぜていました。釜の中で骨つき牛肉と同様に自分の肉が両足を突っ立てて、陽気にゆだっているのが見え

☆

ました。塩ひとつまみとコショウの実少々を加えて、スープを自分の御影石の皿につぎました。ブイヤベースほどおいしくはなかったけれど、ふつうのおいしいシチューと変わりなく寒い気候には格好のものでした。

理論上ではどちらが私なのかしらと思いました。洞窟のどこかに磨きあげた黒曜石があったのを思い出して、私は周囲を見渡しました。見つかれば鏡にしようと思いました。そう、それはコウモリの巣のそばのいつもの隅に吊るしてありました。私は鏡を覗きこみました。最初に見えたのはサンタ・バルバラ・デ・タルタルスの尼僧院長の顔で、私を見て嘲るように笑いました。彼女の顔が薄れて、次に見えたのは女王蜂の巨大な両眼と触角でした。それはウインクすると私自身の顔に変わりました。たぶん暗い黒曜石に写ったからでしょうが、それほど醜くは見えませんでした。

手にした鏡を腕を伸ばして覗きこむと、代わる代わるウインクする三つ顔の女性が見えました。ひとつの顔は黒で、次は赤、最後は白で、それぞれ尼僧院長、女王蜂、私の顔でした。これは目の錯覚だったのかもしれません。

熱いスープを食べ終わるととても気分がよくさっぱりしました。ずいぶん前に最後の歯が抜けたとき感じたように、何か吹っ切れたのです。羊皮のマントを体に巻きつけて石の階段を上りながら、私はずいぶん前に忘れたはずのアニー・ローリーの口笛を吹きました。

誰かが最初に階段をおずおずと降りてから、長い時が経っていたように思われました。いま私はシロイワヤギのように活発に上方の世界に登っていました。もう暗闇はいつ何時まっ逆さまに落ちるかもしれない恐ろしい死の罠ではなくなっていました。

☆

奇妙なことに私は暗闇で猫のように目が見えました。私はすべての影と同じように夜の一部になっていました。

外に出ると、また雪がたくさん降っていました。荒廃した施設は白くなっていました。建物は地面に崩れ落ち、瓦礫の上にひび割れた二つの壁が残っているだけでした。建物は最初の地震の直後に起きた二度目の地震で、崩れ落ちたのにちがいありません。私は穏やかな気持で廃墟をじっと見つめました。

仲間たちは雪で覆われた芝生に大きな火を焚いて、その周りをクリスタベルの太鼓に合わせて踊っていました。それは暖を取る極めて現実的な方法に思われました。

ガンビット夫妻はどこか瓦礫の下に埋まってしまったのでしょう。動くものはなにもなく、石と漆喰の山に雪が静かに降り積もっていきました。

私は不思議に意気揚々とした気持で、仲間の火の踊りに加わりました。太陽が昇らなくなったので、昼と夜の区別がつかず、時間の感覚がなくなっていました。

「スープは美味《おい》しかった？」太鼓を叩きながらクリスタベルが呼びかけました。全員が笑って繰り返しました。

「スープは美味しかった？」

私は塔の下にある洞窟の部屋で起こったことを全員がすでに知っていたのだと悟りました。私たちは体が暖まったので踊りをやめてひと休みしました。

「なぜ私がスープを飲んだことを知っているの？」私が尋ねると全員が笑いました。

☆

「洞窟に降りた最後はあなたなのよ」、クリスタベルが言いました。「私たちはみんなすでに地下の世界に降りて戻ってきていたの。あなたは誰に会ったの？」

これらは儀式的質問で、私は真実を話さなければならないと悟りました。

「自分自身よ」。

「ほかには？」　クリスタベルが尋ね、他の仲間たちはリズミカルに手を打って囃したてました。

「サンタ・バルバラ・デ・タルタルスの尼僧院長と女王蜂」、私は答えました。そして急に好奇心に駆られて私は尋ねました。「あなたたちは誰に会ったの？」

すると全員が声を揃えて言いました。

「自分自身と、女王蜂とサンタ・バルバラ・デ・タルタルスの尼僧院長！」

私も一緒になって笑い始め、また太鼓に合わせて踊り始めました。

☆

聖杯の奪回

太陽がふたたび昇るまでにどれほどの時間が経過したのか誰にもわかりませんでした。また太陽は昇り始め、地平線近くで淡い白い光が雪と氷で姿を変えた世界を照らしました。

地震のあとの白い廃墟が風景を圧倒していました。完全な姿で残っている家はひとつも見当たらず、多くの木々が根こそぎになっていました。カルメラのお抱え運転手のマジョンは地震を生き延びました。彼はライラック色のリムジンに避難していたのですが、リムジンはエンジン部分が押し潰されただけでした。神経過敏な猫たちはあちこちの隅から姿を現し、十二匹全部が怪我もせず無事でした。太陽が出ているあいだに私たちは廃墟と化した家々をくまなく捜して食料を掻き集めました。

見つけた食料はすべて洞窟の部屋に運びました。そこは岩から燃えでる炎で暖かかったのです。クリスタベルによると、それは天然ガスで永遠に燃え続けるそうでした。施設の庭で湧きでた温泉の源は塔の下の岩だったのです。

スープは残っていなかったのですが、鉄の大釜は使われないまま火のそばにありました。六角形の磨いた黒曜石が壁に掛かり、みんなそれが鏡代わりだったことを知っていました。

☆

昼と夜の配分は均等ではありませんでした。太陽は真上まで昇らず、正午には沈みました。地球は新しい秩序でのバランスを求めて、軌道をびっこをひいて回っているようでした。

すぐに私たちは洞窟の部屋の生活に慣れました。猫もマジョンも一緒でしたが、彼は中国語しか話せません。梱包した箱の多くは崩れた建物から回収できなかったのですが、一定量の食料はありました。ヒラマメと小麦の大袋がいくつかとキノコとひどく潰れたマシュマロなどがおおむね私たちの食糧でした。

ライラック色のリムジンの修復は困難でした。ともかく数メートルもの雪のなかでは役に立たなかったでしょう。私たちはしばしば洞窟から外に出ました。その地域では鳥や動物はたくさんいたものの、人間の姿は見当たりませんでした。鹿やピューマや猿までが山から下りてきて餌を求めて徘徊していました。私たちはそれらの動物を狩ることはしませんでした。新氷河時代は仲間の生物の虐殺に始まるべきではなかったからです。

温泉の近くは雪が柔らかく凍っていなかったので、マジョンはそこの土を掘って洞窟まで運びました。私たちはキノコの大きな菜園を作りました。キノコは暖かく湿気のある場所で育つからです。これが私たちの常食の基本となりました。収穫が減少しないように胞子の部分は注意して残しました。小麦を撒いて発芽すれば食べましたが、日光が当たらないので増殖させることはできませんでした。ある日数匹の山羊が温泉をじっと見ているのに出くわしました。そのあたりには葉のない若枝と草がまだ雪の上で育っていました。この幸運な出来事のために猫も私たちも新鮮なミルクを飲めました。私たちは木々の枝を折って山羊のまぐさにしました。彼らは後に洞窟で私たちと住むようになり、と

☆

き鰯餌を求めて地上に出ていきました。

太陽が昇ると私たちは外に出て、崩壊した家の下に埋もれた食料を捜しました。ときには潰れた鰯の缶詰や少量の米などの収穫がありました。

ある夜明けに、私たちは日という言葉を使わなくなっていました、私は家具のように見える凍った塊をせっせと掘り起こしていました。いつもとまったくちがう光景が目に入り、左側の壁に止まっていた烏《カラス》たちが驚いて飛びたちました。

もとは道路があった形ばかりの小道に郵便集配人がやってきたのです。集配人の制服を着て肩から手紙を入れた小さな鞄を下げていました。驚いたことには肩にギターをかけています。「こんにちは。ここの住所宛の郵便ですよ」、彼は言って、マーブル・アーチと護衛兵の絵はがきを私に手渡してくれました。

このすばらしい通信にはこう書いてありました。

厳しい寒さにもかかわらずお元気です。海峡では多くの人がスケートをしております。奥様と小生はドーヴァーの崖近くでアイスホッケーの試合を観覧致しました。ご健勝であらせられますよう。

敬意をこめて　マーグレイヴ

「もちろん、以前のように郵便物は早くは届きません。イギリスからの手紙はとても多くて滞っています」、郵便集配人は言いました。「私は歩いて、というよりスキーを履いて、ここまで来ました」。

☆

「生存者は多いですか?」　私は尋ねました。

「いいえ」、と彼は答えました。「大都市のほとんどは雪男たちに襲われました。彼らは危害は加えないのですが、誰しもと同じで食料が欲しいわけで」。

「洞窟に降りてミルクを召しあがりませんか?」　私は郵便集配人に言いました。「みんなニュースに飢えています。長いあいだ人間に会っていないものですから」。

「ええ、いいですよ」、そう言って両手を擦りながら、彼は私の後についてきました。

地下の洞窟ではアナ・ヴェルツが山羊のミルクでキノコを料理し、ヒョルヒーナとヴェロニカ・アダムズは山羊の毛を編むために糸車を作っていました。埋まっている野菜を探しに行って帰ってきたカルメラ、公爵夫人、クリスタベル、マジョンもすぐに加わりました。彼女たちは人参と山羊の凍った干し草を見つけてきたのでした。

「私の名前はタリエシンです」、郵便集配人は名乗りました。「生涯にわたって郵便物を配達しているのですが、もうかなりの年月となりました」。

アナ・ヴェルツがキノコのミルク煮のカップを手渡しました。彼は火のそばに落ち着くと話し始めました。「あらゆる国と海が地震に襲われました。非常に強い地震だったので家も城も家畜小屋も教会もすべて薙《な》ぎ倒されました。降雪と暗闇が続いた後に起こりました。ひどい雷雨に襲われた地域では、雨が空から落ちてくるあいだに凍り、摩天楼ほどの高さの雨の槍が雪の上に突き刺さっていました。めったに見られない光景です。野生の動物も家畜も同時に叫び声をあげて、盛りあがる地面から逃れようと街なかを駆け抜けました。火が地中から吹きあげて、奇妙な光景が空に見える地域もありました。生き残った人間たちはショックのあまりパニック状態に陥りましたが、それでも勇敢に崩れ落ちた街に埋もれている何百万という生存者たちを救いだそうとしていました。恐ろしい光景が人口の密集した地域に繰り広げられました」。

「聖杯はどうなったのですか?」クリスタベルが尋ねました。

「アイルランドにありました」とタリエシンは答えました。「西海岸ではとりわけ地震が激烈で、岩混じりの空気が何千メートルも上空に舞いあがりました。六〇〇か所で地面から火山が噴出し、雪と溶岩の恐ろしい泡が人間や獣を押し流しました。モグラや鼠や死んだ小鳥などが雨のように屋根に打ちつけ、一メートルもの死骸の層が通りや田畑を覆いました。この地殻の激変時に、テンプル騎士団の古代の砦、コナー土砦は凧のように空中に吹き飛ばされてしまいました。神器《アルカヌム》の地下貯蔵庫は二つに裂けました。聖杯もほかのものともども空中に投げだされたのですが、半壊した農家の藁葺き屋根に無傷で落ちました。ある農婦がそれを発見し木の櫃に入れて、地震の生存者のひとりである教区司祭に届けました。オグラディ神父とかいう司祭は聖なる器が教会で使う儀式用の杯だと思ったのですが、デザインがどこか風変わりだったのでダブリンに届けました。ダブリンでは司教やイエズス会士たちがワイン貯蔵室に避難していたのです。コナー土砦を粉砕した爆発は、密封した場所で聖杯が保っていた不思議な力を一瞬にして消散させました。これが魔術の法則であり、ほとんどすべての魔力を備えた物体に当てはまることです。その結果聖杯は神聖性を奪われて無傷で聖職者たちの手に渡り、藁を詰めた荷箱に納められ、ふつうの骨董品として論じられました。しかしイエズス会士ルパート・ツラフィクスという学識ある男が、杯の奇妙なデザインに関心を抱きました。オグラディ神父か

☆

らその杯がコナー土砦周辺で見つかったと聞いて、彼の疑いは確信に変わりました。その塔は少数の学者たちのあいだでテンプル騎士団の古代の住処として知られていたからです。

「暗闇が消え、真昼の太陽がブリテン島を二九時間照らしたとき、そのイエズス会士は聖杯を持ってイギリスに逃げました。司教やイエズス会士たちが食べものを胃に入れずにワインを飲みすぎて前後不覚で寝こんでいたので、これは簡単でした。私は爆発時にコナー土砦の地域に滞在していたので、聖杯を追ってダブリンに、イギリスに渡ったというわけです。

イギリス銀行の地下深くにある貴重品保管室は、政治家や裕福な実業家や将軍たちや、もちろん教会のお偉方の避難所として使われていました。この前の原子力戦争時に政府が重要だとみなす人物の生命を保護するために地下都市が建設されていたのです。この地下都市の存在はパニックに陥った一般人がなだれこまないように、もちろん秘密にされていました。イエズス会士ルパート・ツラフィクスはそこに潜りこんだのです。

さてハムステッド・ヒースの郊外に魔女たちの集会に使われた洞穴があります。そこで彼女たちは法律に煩わされることなく秘密に儀式を執り行ったのです。古代から魔女たちは戦争や迫害を経験しながら、その洞窟で踊ってきました。誰かに追われたときには私はそこに逃げこんだのですが、彼女たちはいつも優しく受け入れてくれました。あなたたちのご推察どおり、私の使命はいつの時代でも身分や社会的地位に関係なく、人々に検閲抜きでニュースを届けることです。このため私は地球上の権威者たちから嫌われてきました。私の目的は人類が権力欲に駆られた人間たちの奴隷となり搾取されているのを自覚する手助けをすることです。

☆

それでロンドンに着いたとき私はすぐにハムステッド・ヒースの魔女たちの洞穴に逃げこみました。そこで私はイギリス銀行の下にある地下都市に通じる通路の存在を知ったのです。

聖杯はすでにイギリスにあると告げると、魔女の集会はかなりの興奮に包まれました。私たちは杯を奪回するためにあらゆる計画を練りました。あなたたちもご存知のように、偉大なる母が地球に帰還するには、生命の霊薬で満たされた杯が、彼女の配偶者である角のある神に守られて、彼女に返還されなければなりません。

杯に生命の霊薬を満たして活力を回復させるために、私たちは様々の巧妙な計画を立てたのですが、杯に近づくことはできませんでした。しかし放っておいた密偵からある情報を得たのです。それによると、杯は私服警官とイエズス会士ルパート・ツラフィクスに護衛されて、水上飛行機に積みこまれイギリスを発ったというのです。そのうえ聖杯の行き先は、まさにこの高原であることも知らされました。アメリカ大陸のこの地点は地震も火山の噴火も比較的被害が少なかったからだと言われます。復讐心に燃える父なる神を崇拝する人々は、もちろん聖杯を保持しようと決意を固めていました。秘伝の核心を授かった少数の者だけが杯の魔術を知っているのです。この特別の少数者たちは、偉大なる母が聖杯を取り戻すことになれば、自分たちが人間にかけた催眠術がとけるのを知っていました。ルパート・ツラフィクスは聖杯の歴史を調べあげた人間のひとりだったのです。

これで、なぜ私がここまで来たのか、なぜまだ聖杯を探しているのかがおわかりいただけたと思います」。

この重大なニュースを聞いて、全員がしばらく沈黙しました。アナは山羊のミルク煮のキノコを全

☆

員のカップに注ぎ足しました。

「聖杯を復活させて女神に返還するために、みんなで早急に計画をたてるべきよ」、クリスタベルが言いました。「原子力戦争後に女神が姿を消したのは、この世代にとっては致命的ね。この惑星が有機的生命体として生き残るためには、女神の帰還が必要だわね。そうすれば善意と愛がふたたび世界に広がっていくわ」。

「この町から三、四キロ離れた場所に」、とタリエシンが言いました。「聖杯は存在しています。怒れる父なる神の崇拝者たちは、いまごろはこの国に杯があることを知らされているでしょう。まもなくここに到着し、彼らの悪魔的で神を恐れぬ宗教の最後の名残りを確保しようとするはずです」。

「女王蜂が杯を生命の霊気で満たさんことを！」 クリスタベルが熱意をこめて言いました。

「ヨーロッパではついにライオンが国を支配し、一角獣は絶望してシリウスに飛び去った」。タリエシンが謎の言葉を発しました。それを聞いて私たちは血管を流れる血が凍るような気がしました。

「一角獣が去ったのですって！」 クリスタベルが恐怖に駆られて叫びました。その恐ろしいニュースの真の意味を理解できるのは彼女だけだったのです。タリエシンはお辞儀をして答えました。

「人類を嫌悪し見捨てたのです」。

「どうすれば聖杯を奪回できるかしら？」 苛立たしげに大股で行ったり来たりしながらヒョルヒーナが尋ねました。「聖杯は注意深く監視されているわね？」

「呪文で聖なるヘカテを呼び出して助言を求めましょう。それにはあるものの調合と沐浴の儀式が必要だわ」、とクリスタベルは言いました。「しかるべき沐浴を済ませたら、朝鮮朝顔と麝香とクマツヴラの多年草を見つけて強力なスープを調合するの。街のどこかに薬局があるはずよ。暗くなったらタリエシンとマジョンに材料を調達してもらいましょう」。

全員がこの計画に賛成しました。女神を呪文で呼びだして、聖杯を入手する方法について明確な指示を仰ぐしかありません。タリエシンとマジョンは潰れたリムジンから道具を取りだして街に出かけて行きました。吹雪の前ぶれに押し寄せる雲の間に、蒼い三日月が出ていました。

クリスタベルが女神を呼びだすための沐浴に取りかかったとき、山羊たちが突然に騒ぎだしました。洞窟の部屋の端の暗闇に駆けこむと、哀れなき声をあげ始めたのです。遠くで犬の遠吠えが聞こえましたが、その数はおびただしいようでした。

「可哀想に、お腹が空いているのよ」、しばらく遠吠えを聞いていたアナ・ヴェルツが言いました。「何か食べものを持っていってあげましょう」。炊いた米とミルクを入れたスープの準備に取りかかると、食欲をそそるように少し鰯を加えました。

スープができあがると、アナと公爵夫人は大鍋を地上に運びました。犬の吠え声が近づいてきましたが、その吠え方にはどこか普通とちがった調子がありました。アナと公爵夫人が戻ると鍋は空になっていました。

「可哀想に」、とアナは言いました。「あんなに飢えて苛立った犬は見たことがないわ。それにドイツシェパードなのに、撫でることすらできないのよ。何か月も餌にありつけなかったみたいに鍋に飛びついてきたの。飼い主が飼っている動物を放置するのは本当に恥だわ。自分たちが生き延びることしか頭にないから、忠実な犬たちは可哀想に群れて飢えて走りまわるしかないのよ」。

☆

このとき全員が階段に現れた足を凝視していました。一匹の犬がアナの後を追ってきたのです。灰色っぽい巨大な雄のドイツシェパードで、神経質そうな目で周囲を眺めていました。私が立ちあがって近づいていくと、その巨大な獣は臆病そうにしりごみしました。山羊の群れがおびえてなき始めました。それは犬ではなく灰色の大きな森林狼だったのです。

明らかにこの狼は群れの頭《かしら》でした。他の狼よりも勇敢で大胆に暖かい洞窟に降りてきたのです。少し干魚を投げてやると、私たちに目じりをあげた疑い深い視線を注いだままがつがつと食べました。

「ほんとうに優しくて、身の毛もよだつわ」、燃え続ける火から遠く離れた場所に坐ると、ヒョルヒーナは言いました。「すぐに誰かの喉元を掻き切ってしまうわよ」。

咬み切られるのを望んでいるかのように、アナは狼に近づいていきました。「可哀想に！ 飢死寸前ではなかったの？ 人間の犬への仕打ちはほんとうに我慢ならないわ。動物は人間よりずっと善良よ。真の理解という点ではひとは犬を見習わなければね」。それが犬ではなくて遠くの森からさ迷い出た野生の獣だと、どれほどアナに説明しても無駄だったでしょう。

洞窟の外ではまだ群れの遠吠えが聞こえましたが、私には声の調子が少し変わってきたのがわかりました。頭皮が少しぴりぴりとしたので、聞こえなくても近くで起こっている新しい音を感じ取ったのです。奇妙なことにそれはミンスパイ［＊細切り肉入りのパイ］を連想させるものでした。声を聞くにはまだ耳ラッパが必要でしたが、最近私には音の前ぶれを感じ取る特殊な感覚が備わってきたのです。そして感じ取った前ぶれを後に耳ラッパで言葉に置き換えるのです。

「まさかクリスマスなんてことはないわね？」 カルメラが言いました。私には狼の吠え声に混じっ

☆

てたくさんの小さな鈴の音が聞こえました。やがて洞窟の中まではっきりと響いてきました。洞窟にいる狼は耳を立てて待ち構えていました。

「ダーリン！　この気候に何とぴったりでしょう」、ヒョルヒーナが言いました。「親愛なサンタクロースのお爺さんが陽気に、玩具や喜びを降らせながら、もうすぐここにやって来るみたいよ」。

それに近いことが実際に起こったのです。遥かな古代から石の階段に呼びかけるように、甲高い口笛と声が数分後に聞こえてきました。「ポンティファクト！　ポンティファクト！　何をしているのだ！　いたずら狼！　すぐにここに戻って来い」。

マールボロウの声はいつも誰よりも遠くに届くのでした。難聴がもっとも酷《ひど》かったときでも私には部屋を隔てて話す彼の声が聞こえたほどです。突然階段に彼の姿が現れました。少し変わってはいましたが、以前よりも彼らしくなっていました。栗色のベルベットにクロテンの毛のような縞の服を着ていました。長い四角い帽子を皺くちゃの顔に目深に被り、細い長いあご髭は濡れたテニスシューズの指先近くにまで達していました。肩には白い鷹がとまっていました。

狼はスパニエル犬のように全身で愛情を示しました。地面に寝ころがって両足をバタバタさせながら嬉しそうにくんくんとなきました。

「マールボロウ！」　私は叫びました。「あなたはヴェニスにいるとばかり思っていたわ！」

「ダーリン」、まるで昨日も逢ったかのようにマールボロウは言いました。「君を探すのには骨が折れたよ。やっとパン屋にカルメラの姪がいまも生きているのがわかったのだ。街はほんとうにきれいに見えるね。ひどい外見の家がすべて崩壊して、あらゆるものがつららのある歯のように見えるよ。

☆

言葉にすると変だがね」。

「どうやってヴェニスからここに来たの？」 私は尋ねました。「それに妹さんはお元気なの？」

「アヌビスももちろん一緒だよ」、とマールボロウは言いました。「妹は方舟の二階にいるよ。君に紹介する前に少し準備が必要だと思ったものでね。君はありふれた者は期待していないとわかっているが、それにしても少し驚くかもしれないのでね。妹の感情を傷つけないように注意してくれよ。君だってそれほど普通の人間には見えないしね」。

私はマールボロウを六人の仲間に紹介し、彼は感嘆しながら洞窟の中を歩きまわりました。「ほんとうに完璧とも言えるプロポーションだ。ジッグラト［＊古代バビロニア・アッシリアのピラミッド形寺院］の中にいるようだね。ダーリン、あそこの隅に一角獣の模様の長くていくぶん幅狭のゴブラン織りを掛けたら、魅惑的なだまし絵になると思うがね、もっとも山羊が食べてしまうかな？」

「ここにはゴブランの持ち合わせはないわ」、私は言いました。「でもいい藁の束があるから、ゴブラン織りを入手するまでそれで壁掛けを作ってもいいわ」。マールボロウは立ち止まって隅で震えている山羊を撫でました。狼のポンティファクトが主人のそばを走ると、ふたたびパニックが起こりました。

「怖かったのだね！ 可哀想に、可愛い哀れな山羊たち。親愛なるポンティファクトは何も危害は加えたりしないよ」、マールボロウは慰めるように囁きました。山羊たちに危害はないでしょう。「親愛なるポンティファクトは誰にも危害は加えない。実のところ狼は犬より利口なのさ。おまけにポンティファクトの父親は仔羊だった。そうじゃなかったかね、ダーリン？」

☆

「あなたのお召し物はほんとうに素敵ですこと。完璧すぎるほどシャネルふうですわね」、ヒョルヒーナがマールボロウに言いました。「クロテンに匹敵するものはありませんわ。着心地良くてシックですもの。悲鳴が出るほど高価でしょうね」。

「値段なんてないのですよ」、マールボロウは言いました。「グレゴリオ聖歌形式のベッドルーム・ソナタをセリナ・スカルラッティ妃殿下に作曲してさしあげたときに、これをプレゼントとして頂いたのです。妃殿下は貧しいレズビアンたちを援助するのに仮装パーティをヴァチカンで計画なさったのですが、これはご自身のために作られたのです。ローマ教皇はその提案の取引条件には非常に尊大でしたがね」。

「マールボロウ」、と私は言いました。「妹さんをこんなに長く外で待たせていいの？　凍死するかもしれないわ」。

「アヌビスはとても辛抱強い」、マールボロウは言いました。「それに方舟にはセントラル・ヒーティングが完備していて数か月は暮らせるようになっている。狼のために陸路カナダ経由でここに来たよ。アヌビスは狼が大好きだからね。君にもすぐにわかるよ。ヴェニスではとても寂しがっていた。それで雪が降り始めときに類が友を呼ぶごとく出発したわけだ」。彼の話はすべてとてもいわくありげでした。好奇心と恐怖が交錯して私はマールボロウの妹に会うのが不安になりました。

「ともかく彼女をご招待するわ」、と私は言いました。「地上で独りにしておくのはあまりにも失礼だもの」。

階段を上がりながら、マールボロウは私にヴェニスからイタリア、フランス、イギリスを経て北海

☆

を渡りカナダに至る旅の経緯を話しました。

塔の脇にマールボロウは方舟を泊めていました。とても印象的な光景でした。方舟は橇のような滑走部の上に据えつけられていました。ノアの方舟のルネッサンス版といったようすで、金箔をかぶせ彫刻を施し、狂ったヴェネチア派の巨匠の作品のように豪華に彩色されています。この珍奇な仕掛けの至る所に鈴がついていて、突風が吹くたびにリンリンと狂ったように鳴り響きました。

「原子力で動くのだ」、マールボロウは誇らしげに言いました。「エンジン全体が鶏の卵ほどの水晶ケースにうまく納まっている。もっとも現代的な乗りものだ。燃料は不要で騒音もなしだ。あまり静かすぎて寂しいので鈴をつけねばならなかったのさ。気に入ったかい？」

「けばけばしい華やかさね」、私は感嘆して言いました。「ヴェニスで作らせたの？」

「発案者は僕さ」、マールボロウは言いました。「ジプシーの単純さと原子力の快適さを備えている」。

狼たちは護衛するように方舟の周りに半円を描いて坐っていました。完全に飼い馴らされているとマールボロウは念を押すのですが、私は怖くなりました。ポンティファクトの姿を見たとたん姿を消してしまった猫たちのことも頭から離れません。

「失礼、妹を呼んでくる」。マールボロウはそう言って両手を口の周りで丸めると、血が凍りつきそうな恐ろしい叫び声をあげました。彼の叫びに方舟の中から叫び声が答えました。牡鹿と白鳥の真ん中で抱擁しているキューピッドとプシュケが趣味よく彫刻された正面の扉がガタガタと鳴りました。

「怖がらないように」、とマールボロウは言いました。「君が変な気持をもてば妹は過敏に反応するからね」。

☆

すでに興奮して想像力を逞しくしていたのですが、方舟から現れたその姿は、私の予想を遥かに超えた奇怪なものでした。マールボロウの妹アヌビスは狼頭の女性だったのです。長身ですらりとした体は均整がとれて、頭を除けば完全な人間でした。光る布を体に巻きつけ、小さな足に先の尖った小さなゴンドラのような靴を履いていました。彼女は開いた扉の近くに立って、唸りながら尖った白い歯を見せました。マールボロウも唸り返しましたが、私は会話に加わることはできませんでした。

「妹は十か国語を理解するし、サンスクリット語も書けるよ」、とマールボロウは言いました。「だが口蓋の構造が少し特殊で、発音にやや困難がある。僕たちは吠えあって意思を伝達するが、君は英語で話していいよ、完全に通じるからね」。

「はじめまして」、私はぎこちなく言いました。「私たちの住処へようこそ」。マールボロウの妹は唸り声をあげました。後に私はいくつか知性的な狼語の発音を学ぶのですが、そのときの会話はきまりが悪く当惑しがちでした。

「アヌビスはよかったら方舟の中を見ませんかと言っているよ」、マールボロウは通訳してくれました。「彼女は家がとても自慢なのだ。たしかにかなり趣味よく室内を整えているよ」。

「喜んで」。私は身を固くしてお辞儀をしました。彼女に話しかけるときに自分が儀式ばってしまうのに気がつきました。彼女には堂々とした威厳があったのです。

方舟の内部は阿片を吸って見るジプシーの夢のようでした。すばらしいデザインの刺繍の壁掛けが掛かり、異国の鳥の形の香水吹きが置かれ、両眼の動くカマキリ形のランプや、巨大な果物の形のベルベットのクッション、長々と横たわる狼女を美しく彫りこんだ珍しい木と象牙の上に据えたソファ

☆

などがありました。あらゆる種類のミイラ化した生物が天井から吊るされていて、生きているように生前の身振りのまま凍結していました。

「アヌビスは死んだものを見ると何でもミイラにしたがるのさ」、とマールボロウは言いました。「それが趣味で、古代エジプトの防腐処置法を使うのだよ。うちの家族はみんな芸術的才能に恵まれているからね」。

アヌビスは唸り声を上げると、手を伸ばして天井から吊るしたとても奇妙な動物をはずして私に見せてくれました。それは萎びた赤ん坊の顔をした亀で、長くて細い足は疾走中の動作でミイラ化していました。

「アヌビスはこれは一種のコラージュだと言っている。ヴェニスの主要な死体公示所の監視員が赤ん坊の死体をプレゼントしてくれたが、そのときに慰みに作ったそうだ。足は凍死したコウノトリのものだったらしいよ。ほんとうに独創的だろう。よく彼女は画家になったらどうかと思うのだ。たしかに才能があるよ」。

ここでアヌビスとマールボロウはしばらく吠え合っていました。私たちはかま首をもたげたアメジストのコブラの上にバランスよく置かれた小さな翡翠《ヒスイ》のテーブルの周りに坐りました。

「すべてがとても独創的で快適ね」、私はマールボロウに言いました。

「これが理想的な旅の形でしょうね」。アヌビスが私たちにジャスミン・ティーとフランスのお酒を出してくれました。お酒の名前はすばらしいシャンペンでしたが、シャンペンの味はまったくしませんでした。

☆

「そのとおりさ」、ネクタリン形のベルベットのクッションに気持よさそうに寄りかかってマールボロウは言いました。「うちの家族は旅中毒とでも言えるほど旅が好きでね。昔の僕は行き来することにかけては燕に匹敵するほどだった。この気質は大叔父イムレスから受け継いだのだと思う。彼はハンガリーの貴族の出で母は有名なトランシルバニアの吸血鬼だった。これまで様々の理由から君に家族の話はしなかったが、共産党のハンガリー迫害の時期に秘密を厳守すると宣誓させられていたからだよ。残念なことに家族で生き残ったのはアヌビスと僕だけだ。以前にも話したことだが、僕はオードリー、アナスタシア、アナベルら他の妹とは折りあいが悪かった。僕は世界の半分もの距離を横切って彼女たちの住む城をひとつひとつ訪れたものだ。彼女たちは法外な値段を支払って旧式の掃除機を借りていたが、僕の訪問の目的はそれを盗むためだと思いこんだのさ。三人とも大地震で死んでしまったがね。オードリーは寝室に押し寄せた小さな氷河のなかに逆さで凍っているのが発見された。口に空のシャンペンの瓶をくわえたままだった。痛ましくはあるが、詩趣に富んだ当然の報いだと言えなくもないね。身体的特徴では、僕たちのなかでアヌビスだけが大叔父イムレスの特質を受け継いだようだ。彼は狼人間だったのでね」。

「もちろん共産主義者たちは狼人間を激しく排斥したでしょうね。貴族階級出身である場合になおさらだわ」、と私は言いました。アヌビスは嬉しそうにピンク色の長い舌をあごまで垂らしました。

「家族のハンガリーの財産は没収されてしまった」、とマールボロウは続けました。「大叔父イムレスは捕まって、セント・ペテルスブルグで檻に入れられて死ぬまで見世物にされた。その後剥製にされて自然史博物館に展示される始末さ。これら一連の出来事は家族のプライドを大いに傷つける結果

☆

となった。僕は大叔父イムレスを忘れないために短いかなり辛らつな挽歌を出版したよ。だから家族に流れる狼の血筋を秘密にしていた理由がわかるだろう。もっとも僕個人としてはそれを名誉だと考えてはいるがね」。

「狼人間が絶滅してしまったのなら残念だわ」、と私は言いました。「動物の頭をした女神や神々は歴史を通じて人間に霊感を与えてきたのですもの」。

マールボロウはジャスミン・ティーを上品にすすり、信じられないほど長いあご髭を撫でました。「ほんとうのことを言うと、この旅行の目的はある不幸を未然にふせぐためなのさ」、と彼は言いました。「アヌビスはもう八〇歳に近いので、手遅れになる前に結婚して子孫の繁栄を計るべきだという結論に達したのさ。だから狼の王ポンティファクトを探すために僕たちはカナダを通らなければならなかった。彼は喜んで結婚してくれたよ」。

「何ですって?」驚いて私は問い返しました。「と言うと……」

「そうさ」、マールボロウは言いました。「アヌビスは君もすでに面識のある狼の王ポンティファクトと幸福な結婚生活を送っている。もうじき子供が、つまり一腹の動物の子が、生まれるよ。あの狼の群れはすべてポンティファクトの家臣で、どこに行くにも必ず僕たちに同伴するのさ」

この驚くべきニュースを消化するために私はしばらく黙りこみました。小さな命を何と呼べばいいのでしょう。赤ちゃん、狼っ子でしょうか? それとも仔犬? マールボロウがふれるまでは自分から言及しないことにしました。ある種の事柄に関して彼は非常に保守的なのです。

「心からお祝いを申しあげますわ」、と私はアヌビスに言いました。「私たちは若いお仲間を歓迎し

☆

ますわ」。

狼がいると山羊が動揺する恐れがあるので、妹と自分はひき続き方舟に住むつもりだとマールボロウは言いました。明らかに方舟生活のほうが家具も装飾もない私たちの洞窟生活よりずっと快適でしょう。彼はとても育ちがいいので、それを口にはできなかったのです。部屋には剥製のカッコウの嘴から匂う白生姜の香りのする霧がたちこめていました。私たちにできることは何なりと申しでて欲しいと言い残して、私は部屋を立ち去りました。

狼たちは私が注意深く彼らの輪の中から出て行くのを監視していました。私はどの狼の気分も損ねたくはありませんでした。狼が怒りっぽいのは周知の事実だったのです。

地下の洞窟に戻ると、マジョンと郵便集配人タリエシンの帰宅を知らせるクリスタベルの太鼓の音が聞こえてきました。彼らはなんとか崩壊した薬局の建物に押し入ると、苦労して必要な材料を見つけだしたのです。朝鮮朝顔を入れた陶器の容器は少し欠けてましたが、中味は無事でした。全員がしかるべき沐浴をすませた後、クリスタベルは三つの広口瓶の中味を沸騰している大鍋に空けました。

月の動きに沿って踊りは始まり、クリスタベルの太鼓のリズムと鍋で煮立つ朝鮮朝顔やクマツヅラや麝香の湯気で私たちはにわかに狂乱状態に陥っていきました。山羊たちは後足で跳ねながら私たちの周りで輪になって、メーメーとなき声をあげました。タリエシンとマジョンは地上に戻っていきました。男たちはこの呪術儀式を見物することも許されていなかったのです。

ベルツィ　ラ　ハ　ハ　ヘカテよ　来たれ！

☆

われらの上に　太鼓の音に　降れ、
インカラ　イクツム　わたしの鳥は　モグラなり
赤道は上り　北極は下る
エプタルム　ザム　ポルム　力は満ちる
北の光　野性の蜜蜂の群れは　ここに来たる

あたり一帯にブンブンうなる羽音と太鼓のような音が響き、無数のマルハナバチが私たちの頭上に集まってきました。そして沸騰する大鍋の上で大きな女性の像を形作りました。大群は微かに光を発して揺れると女巨人の姿になりました。

「ザム・ポルムよ　語りませ！」　クリスタベルは叫びました。「ザム・ポルムよ、語りませ！　あなたの野生の蜜の胸を開き、地球が軸上で死に絶えることのなきよう、あなたの聖杯を獲得する術をわれらに示したまえ！　ザム・ポルムよ、語りませ！」

その姿がブンブンと唸り声をあげて微かに光りを発すると、次の瞬間には無数の蜜蜂で形作られた体のどこかの深みから、このうえなく甘く心地よい声が聞こえました。私たちは蜂蜜のなかで溺れるような感覚に陥りました。

「ふたたび蜜蜂はライオンの死せる体に巣ごもるであろう。そしてわが杯は蜂蜜に満ち、私はふたたびセフィラであり北極星、私の夫であり息子である、角のある神とともにそれを飲むであろう。蜜蜂の群れに従え」。

☆

輪になっていた山羊たちが怯えて四方八方に逃げました。アヌビスが燃える香を持って女王のような歩みで輪に加わってきたのです。

「私はアヌビス、狼たちの女王である。私の臣下はあなたたちの聖杯、偉大なる女神へカテ・ザム・ポルムの復権を果たすために全力をつくす所存である！」アヌビスは狼語で言いました。女神は無数の羽音を響かせ、蜜がマナ［＊昔イスラエル人が神から与えられた食物。出エジプト記16：14-36］のように洞窟の天井から降ってきました。私たちはえも言われぬ芳香を放つ美味な粘着物に覆われたので、体を清めるには舐める以外にありませんでした。

すると蜜蜂の大群が四方に散り女王の体は無数の輝く断片となって、階段を昇っていきました。

「ついて行きましょう！」クリスタベルが大声で叫び、私たちはまだ踊りながら蜜蜂の後に吸い寄せられていきました。

アヌビスの長く尾を引くうなり声に駆りたてられて、狼の一団が私たちの後について来ました。マールボロウの方舟は蜜蜂の羽音に呼応してすべての鈴を凄まじく鳴らしながら出発しました。

こうして女神は蜜蜂、狼たち、七人の老女、郵便集配人、中国人、詩人、原子力の方舟、狼女らで構成される軍隊を率いて、聖杯の返還を要求したのです。おそらくこれはこの惑星で見られるもっとも奇妙な軍隊だったでしょう。

☆

かつて侵略軍を率いたことのある公爵夫人が、狼たちに大司教の豪邸を包囲する命令をくだしました。そこに聖杯が持ちこまれていたのです。私たち全員が狼に襲われたと金切り声をあげます。扉が開くや否や蜜蜂の大群が豪邸に雪崩《なだ》れこみ、隠し場所から聖杯を奪回するという手はずです。

すべてが計画どおりに運びました。私たちが金切り声をあげるや否や、大司教自身が階下に駆け降りてきて扉を開けました。超自然の知性に促されて、蜜蜂の大群は旋回しながら豪邸に雪崩れこみ、数分で聖杯を携えて戻ってくると、私たちの洞窟の秘密の場所にそれを置いて、雪の上に金のように輝く蜜の跡を残して去っていきました。

すぐに大司教は配下の者を起こし、激怒した聖職者たちと秘密警察の一団が庭に出て追跡し始めました。彼らは狼に撃退されて、私たちはしんがりをつとめながら無事に逃げ切ることができました。

これで私の物語は終わりです。私はすべてを忠実に、詩的にもいかなる意味においても誇張なしに書き記しました。

聖杯奪回後まもなく、アヌビスは六匹の狼人間の子を産みましたが、毛が生えそろったいまではずっとかわいくなりました。慣れというのはすばらしいもので、狼人間の子供たちはやがて仔猫たちと楽しそうに遊ぶようになり、狼王ポンティファクトは快活な子供たちを見て狼らしい微笑を浮かべました。

氷河期は過ぎ、世界は凍りついたままですが、いつの日かまた草花が生えでる日が訪れるでしょう。それまで私は三冊の蝋づけ便箋に日々の出来事を記しています。

この惑星が猫や狼人間や蜜蜂や山羊たちで充満するまでは、私の死後もアヌビスの「狼少年少女」が記録を続けてくれるでしょう。そうして女神の生命の霊気を故意に放棄した人類がよい方向に向かうことを私たちは切に希《ねが》っています。

☆

カルメラの星座表の計算によると、私たちがいま暮らしているのは、以前ラップランドであった地方のどこかだそうで、これを聞いて私は笑ってしまいます。

アヌビスが六匹の白い毛に覆われた仔犬を産んだ日に、群れの一匹の牝狼も出産しました。私たちは彼らを訓練して橇を引かせようと考えています。

もし老いた婦人がラップランドに行けないとすれば、そのときにはラップランドが老いた婦人のところにやって来るにちがいありません。

☆

●
ハンガリー人写真家の夫エメリコ・チキ・ヴァイズと
レオノーラ・キャリントン（1946年結婚）。
二人のあいだにはガブリエルとパブロの二人の息子がいる。
Photograph by Kati Horna

●

自作のオブジェをもつレオノーラ・キャリントン(マリアンのモデル)。
マックス・エルンストに「風の花嫁」と讃えられた気品は
メキシコ時代も変わらない。
Photograph by Kati Horna

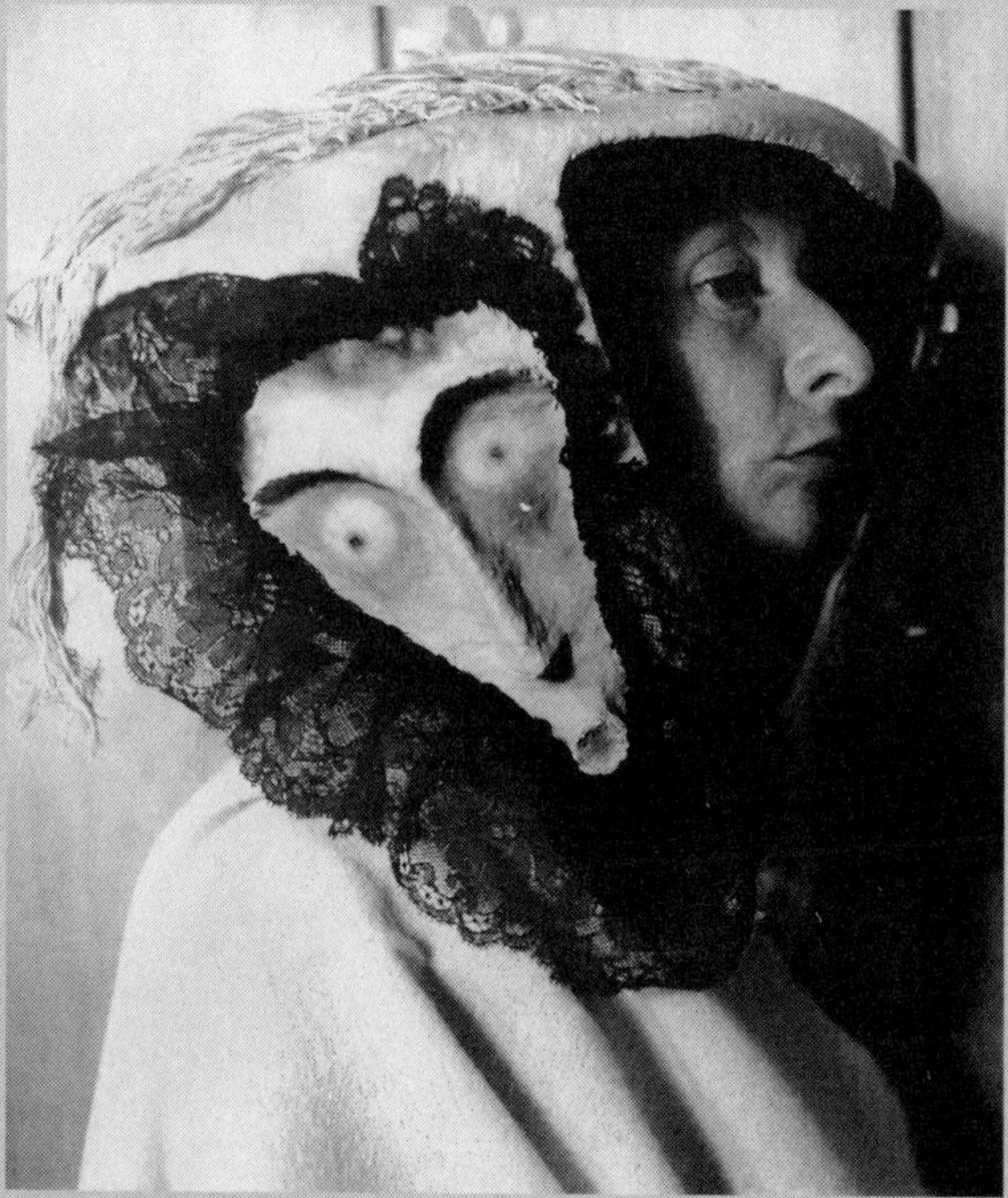

●
変装を愉しむレメディオス・バロ(カルメラのモデル)。
キャリントンとの交流は、遊びとも芸術ともわかちがたい
豊かな実りをもたらした。
Photograph by Kati Horna

●

1957年8月、クェルナバカのエーリッヒ・フロム邸で開催された
国際会議「禅と精神分析」にて。
メキシコを訪れた鈴木大拙と孔雀の羽を手に談笑するレオノーラ・キャリントン。
Photograph by Mihoko Okamura

訳者あとがき

野中雅代

I

一九四二年メキシコに亡命したキャリントンは、詩人バンジャマン・ペレとレメディオス・バロを含む亡命シュルレアリストたちと再会し、シティの中心部に近いコロニア・ロマ地区でヨーロッパ人共同体が生まれていった。メキシコに導いてくれたメキシコ人外交官と離婚すると、キャリントンはバロの知り合いであった亡命ハンガリー人写真家エメリコ・チキ・ヴァイズと再婚する。一九三七年のマックス・エルンストとの出会いからパリのシュルレアリスト・グループに加わって以来、キャリントンの生活は愛と確執と創作と極度の緊張の連続であったが、新天地でバロやカティ・オルナらの親友たちと連帯し、新しい家族に囲まれて、貧窮と子育ての生活の中で、彼女の想像力は拡がっていった。

共同体のネット・ワークは強力であった。ヨーロッパやアメリカから芸術家たちや彼らの知り合いが、グループのメンバーに紹介されてやってきた。ペレとバロの友人が、ひとりのイギリス人貴族エドワード・ジェイムズをキャリントンに紹介する。彼女の作品が市場性を帯びる前で、彼はキャリントンの重要なコレクターとなり、しばしば訪れるメキシコで共同体の客員メンバーとなる。一九四七年彼がニューヨークでキャリントンの個展を

☆

プロデュースしたのがきっかけで、メキシコ・シティでキャリントンの画家としてのキャリアが始まる。

キャリントンが『耳ラッパ』を書くのは一九五〇年代で、画家としての地位を確立し、詩人オクタビオ・パスらの演劇運動に参加する時期である。それは壁画作家のフォークロリックな運動の影響が薄れて、メキシコ・シティの想像力に基盤を置くアヴァン・ギャルド運動が生まれていく時期であった。

Ⅱ

それまでキャリントンはフランスでのエルンストとの同棲生活やニューヨークの亡命生活で、「恐怖の館」を含む幾つかの短編小説（『恐怖の館』参照）を書いていたが、『耳ラッパ』は彼女が完成した唯一の長編小説である。四〇歳代であった創作当時を回想してキャリントンは述べている。

「あれを楽しみで書きました。当時レメディオス（バロ）と私は共同でたくさんのものを書いていました。……私が1章を書き、その内容について彼女に何も言わず、彼女が2章を書くのです。5章ほど書き溜めたときつなぎ合わせると、とてもおかしいものが出来上がります。でも『耳ラッパ』はひとりでタイプ・ライターの前に坐って専念して書きました」（注1）。

キャリントンが述べるように『耳ラッパ』は破格の遊戯的精神と想像力で書かれた小説である。九二歳のマリアン・レザビーが語る奇想天外で痛快極まりない物語は、イギリス人キャリントンのドライなユーモアが随所に光り、一読では無秩序な筋の運びに見えながら、物語は大胆かつ緻密な構成を備えている。

☆

家族の厄介者として老人ホームに追いやられたマリアン・レザビーは、七〇歳以上一〇〇歳未満の老婆たちと集団生活をおくることになる。少女の頃から修道院学校の集団生活を嫌悪して退学放校処分を受け続けてきたキャリントンが、集団生活を送る老婆たちを描くのは意外でもあるが、彼女たちのホームでの生活にはどこか家庭的日常的な雰囲気があり、七歳以上七〇歳以下の人間たちは信用できないというマリアンとカルメラの言葉どおり、権威と世間の常識を脱ぎ捨てた自由な魂が生息できる場に設定されている。老婆たちは施設のキリスト教精神を跳ね除けるしたたかで自由な集団で、結束してハンガー・ストライキを起こしていく。マリアンはといえば、満員の車中でも平気で食事のコースを平らげるし、猫の毛でジャケットを編み犬橇でラップランドに向かう大胆な夢想を備えている。「ダウン・ビロウ」(『恐怖の館』所収)で「魂の死」を体験したキャリントンは、地下・地獄(誕生と死)の闇を『耳ラッパ』では朗らかに陽気に通過する。

狂気の体験の手記「ダウン・ビロウ」でも顕著であるが、キャリントンの作品では建物は意味をもつ空間である。「ダウン・ビロウ」中には繊細な地図がイラストされていて、各々の建物は秘教的意味を帯びている。肥沃な緑の庭は錬金術師の石の色とつながり、回復期のキャリントンが入浴し安息するサンルームは、錬金術の浴槽で湯浴みする黄金の太陽の部屋を意味する。悟りを得る場であるダウン・ビロウ自体は、建物の地下にあり、そこを通過する行為は比喩的に奥義を得る体験であった。『耳ラッパ』では老婆たちの収容施設や塔や蜜蜂の池や調理場などに錬金術的シンボルはあるが、童話的雰囲気もあって老婆たちは毒キノコや鳩時計や長靴の型をしたバンガローに住んでいる。

さらにキャリントンはイギリス時代の思い出を、ツグミのさえずりや花の香りやお茶の時間に生き生きと叙情的に再現する。キャリントンが自伝的要素を明確に述べるのはこの作品のみであり、母親との旅行の経験や、「シャムネコの目」をしたシモン(エルンスト)と

☆

パリのサン・ジェルマン・デ・プレのカフェで朝食を取った愛の思い出などが、逆流して渦を巻く水のように、時間を自由に交錯させた文体で挿入される。イギリスに帰りたいと感じながら、メキシコに足止めされたかのような、当時のキャリントンの心境も語られる。しかしキャリントンのドライなユーモアは感傷に浸ることはない。食堂の壁に掛かる絵に描かれた尼僧の伝記をめぐって、サンタ・ブリヒダの老婆収容施設に、別の時間と空間、物語中の物語が織り込まれる。物語は嫁姑問題や老人問題やフェミニズム、天変地異などを含みながら、最後にイギリスの魔女伝説や聖杯探求物語に変わっていく。

登場人物の造型にはキャリントンと友人たちが投影されている。主人公のマリアン（キャリントン）は、視力は確かながら聴力は極度に衰え、歯が一本もない老婆であり、あご髭が生えているのが自慢である。エルンストに霊感を与えたミューズであり際立った美貌に恵まれていたキャリントンは、外見には頓着せずつねに魂の形を見つめている。若い日の青年との会話でキャリントンは若いマリアンに語らせる。「あなたは魔法を信じないかもしれないけれど、いまこの瞬間にも何かとても不思議なことが起こっているわ。あなたの頭が薄い空気に溶けていって、あなたのお腹を通して石楠花の花が私には見えるわ。……あなたが色褪せていって、私にはあなたの名前を思い出すことすらできないの。あなたよりあなたが着ていた白いフランネルのシャツを覚えている。……なのになぜひとはそれほど個性というものに大騒ぎしなければならないのかしら？」

マリアンとは対極的にお洒落で流行のかつらをかぶり、スミレの香りのドロップをしゃぶる親友のカルメラはレメディオス・バロである。彼女の趣味はエレガントな偽名を使って電話帳で調べあげた人物に手紙を書くことである。カルメラが手紙にしたためる物語は、ウィットに富むが物語の構成力に欠けるバロの断片集『夢魔のレシピ』を想起させる。

☆

カルメラがマリアンに補聴器の耳ラッパをプレゼントした時から、マリアンの冒険は始まっている。眠る死者たちに最後の審判、人類の体験すべき大惨事を告げるために大天使ガブリエルが高らかにラッパを吹くのとは違って、マリアンはラッパを耳に押し当ててユーモラスに盗み聞きし、チョコレートを盗む意地悪をし、同時にあらゆる虚偽を精査しつつ、吟遊詩人の時空を越えた情報まで入手して、洞窟の老婆たちと天地異変の大惨事を生き延びて、地震や洪水に終わる聖書の終末世界観を覆す。

老婆仲間でおしゃべりなアナ・ヴェルツのモデルは、キャリントンのもうひとりの親友、写真家のカティ・オルナである。創造性豊かなカティは、キャンバスに自分のイメージを創造する画家キャリントンやバロとちがって、カメラを持って日々飛び回り、芸術家たちの仕事や日常を報道する写真家であった(二一七―一九頁参照)。物語のなかで、霊感を受けた友人たちとの友情を信じるが、他人はそれを認めてくれず空しく自分を浪費していると不平をこぼすアナは、ジャーナリスト・カティの言葉を代弁している。

ヴェニスに住む友人で、狼女の妹と方舟で氷原を渡ってマリアンを訪れるマールボロウは、エドワード・ジェイムズである。彼はエドワード七世の非嫡出の孫であり、オックスフォード時代は詩人をめざしエキセントリックな貴族として有名であった。ヘレン・バイアットは英語版『耳ラッパ』の序文中で、ジェイムズの父がヨット「ランカシャーの魔女」号でグリーンランドに航海したエピソードを引用している。それによるとジェイムズは、父が航海旅行中に入手した剥製の白熊を、後にダリにプレゼントしたが、ダリはそれを紫に染めて胸部に食卓用刃物用の引き出しを挿入した(注2)。このエピソードはキャリントンのマールボロウ像造型に貢献したではあろうが、キャリントンの想像力はタフであって、赤ん坊の死体と亀とコウノトリのハイブリッドの剥製をコラージュだと豪語するくだりは、エルンストのコラージュ論に訓練されたシュルレアリスト・キャリントンの想像力を

☆

確認させる。

ガンビット博士のモデルは、バイアットに拠ると、グルジェフである。ギリシャ人とアルメニア人の混血としてロシアに生まれたグルジェフは、秘教と神智学を混合させて「調和的発展をめざす協会」を設立し、小説中でガンビット博士が述べるごとく、勤労を旨とした「客観的観察」を実践した。一九五〇年代の一時期にキャリントンもバロとグルジェフの弟子の協会に参加している。キャリントンはシュルレアリスト同様に彼の偽善性を見抜き、神の神聖な教えと勤労の重要性を説く反面、収容老婆と怪しげな関係にふける偽善的キリスト者ガンビット博士としてパロディ化している。

作品中のガンビット像はグルジェフの偽りのカリスマ的精神力・活力に欠けている。それを補うのが、尼僧院長と空中で「怪しげなアクロバット」もどきを行うトレヴ・レ・フレール司教像である。キャリントンはキリスト教の権威と偽善を徹底的に戯画化して笑い飛ばす。その矛先は尼僧院長ロサリンダにもおよび、巨大な爆発音をたてて破裂死した尼僧院長のグロテスクな死は、尼僧たちに処女マリアの昇天の神秘と誤解される。聖職者たちは黒焦げの皮膚のかけらをバラと百合で飾り華麗な棺に納めて神々しく聖性化する。

☆

Ⅲ

サンタ・ブリヒダの老人施設に別の領域が導入されるのは、マリアンがタルタルスのサンタ・バルバラ修道院尼僧院長ロサリンダ・アルバレス・デ・ラ・クエバの記録文書を読むことによってである。タルタルスはギリシャ神話で下界、黄泉の国の意味であり、「光の家」のキリスト教世界を映す鏡でもあって、そこはあらゆる見せかけ・偽善・束縛・タブーが打ち砕かれる場でもある。

絵画でも小説でもキャリントンの探求は、初期科学（薬草の知識や星の観察）と伝承と迷信が混合した秘教の場で行われる。その領域は歴史的に正統とされる文化や宗教に異端視された領域であり、伝統的に女性たちが力と想像力を発揮した場でもある。キャリントンは「すべての宗教は女性を精神的に劣るもの、不潔なもの、男性に劣るものと規定している」（注3）と述べ、なぜイヴはすべての咎を引き受けなければならないのかと反論する。そして、キリスト教に代わる存在として、文化的・年代的に異なった伝承や神話を組み合わせて魔術的・秘教的女性像、女神たちを創造する。

尼僧院長のドニャ・ロサリンダはキリスト教以前の宗教、秘教に通じた異教徒である。彼女は洗礼を受けていない子供たちと戯れ、薬草の知識があって村人を治療する。八角形の塔の天体観測室で、宇宙と星の研究に没頭する。それはキリスト教が異端として迫害した魔女像である。書斎の本箱には秘教の本が並び、動物の皮にルビーや真珠をはめ込んだ装丁である。尼僧院長の過激さと過剰さを、キャリントンは戯画化しながらも肯定的に描き、必要とあれば男装させ馬車で夜の闇を駆けさせる。それに比して男性・キリスト者のガンビット像は弱々しい真理の光を求め、二倍の施設費を払う収容者を追い払えないスノッブであり、ジャーナリズムに施設のスキャンダルが暴露されるのを恐れる小心者として描かれる。

物語の中心的モチーフは聖杯探求である。キャリントンはキリスト教の聖杯伝説を痛快に木端微塵に破壊する。ここでは聖杯は中世のキリスト教徒がケルトから略奪したものとされる。聖書の男性登場人物は徹底的に否定され抹殺される。創世記のノアは方舟から落ちて溺死し、マリアンの息子のガラハッドは聖杯を求める円卓の騎士のひとりだが、妻に尻に敷かれっぱなしで物語からは消える。

さらに圧巻は、バイアットも指摘するように、モード殺人事件である。これは女装の詐

☆

欺師（本名アーサー・ソマーズ）の死体を屋根に坐った老婆たちが見下ろすユーモラスな光景や、毒殺というスキャンダラスな事件だけには留まらない。キャリントンはモード＝アーサーの死を、サー・トマス・マロリーがフランス語から散文訳したアーサー王と聖杯伝説の決定版のひとつ「アーサー王の死（Morte D'Arthur）」に駄洒落で置き換える。モードは姿を変えたアーサー（王）であり、モードの死＝アーサー王の死として、キャリントンはキリスト教神話の聖性を否定し逆転させる。

聖杯はここではキリスト教以前の異教伝説・神話と、キリスト教伝説を混合させた、至高の神秘的体験のシンボルである。至高の神秘的体験は物語中で、バイアットも述べるように、四重の聖杯探求物語構成で描かれる。第一は記録文書で繰り広げられるドニャ・ロサリンダの情熱的・神秘的探求であり、第二はマリアン自身の探求である。地震で崩れ落ちた塔の地下にひとりで降りていったマリアンは、硫黄の匂う地獄＝地球の子宮で、鉄の大釜をかき混ぜている女性（魔女・女神）に遭う。大釜はケルト神話・伝説の魔法の釜であり錬金術の容器でもある。釜に飛び込んで生まれ変わったマリアンが鏡に見るのは、尼僧院長と自分自身と女王蜂の三つの顔を備えた女神である。第三の聖杯探求体験は女神に先導されて行う、七人の老婆たち、詩人（吟遊詩人の郵便集配人とマールボロウ）、動物たち、狼女、蜜蜂の軍団が共同して行う聖杯奪回の試みであり、最後にキャリントン自身の探求である。それはマリアンの解けない数学の問題に取り組む姿勢であり、雪の女王が投げかけた謎であり、キャリントンの絵画ではつねに迷路のイメージに象徴される。

ドライで法外な異教冒険物語は、密やかで清明な詩的想像力で構成されてもいる。若いマリアンの回想はそれであり、マリアンが自宅を去って老人施設に行く不安は、住みなれた家と馴染んだ肉体との別離のメタファーで捉えられる。彼女の痩せた肉体はヴィーナスの透明な肉体でもあり、心臓は血液の赤い糸のついた針で、裏庭や部屋や飼い猫や鶏は馴

☆

染んだ家・肉体の一部である。
　幼い頃から伝承物語や詩を聞いて育ったキャリントンの記憶には、民間伝承物語や物語詩バラードが多く刻まれている。それは随所に窺えて、孫のロバートはマリアンをイギリスの昔話に登場する半人間・半妖怪のグラミスだと称し、マリアンはヨークシャーのオウムの物語を老婆仲間に暗誦したいのだが受け入れられない。奥義を得るために塔に入るには、謎々詩を解かなければならない。さらに人生で馴染んだもの・愛するものから離れるのは、死の体験だとして、キャリントンは伝承詩「二重わざの男(マン・オブ・ダブル・ディード)」の一部を引用している。これは作者不詳の「尻取り遊び」詩であって以下のように続く。

二重わざの男(マン・オブ・ダブル・ディード)がいた
庭にたくさん種を撒いた。
種が伸び始めとき
庭は雪が降ったようだった。
空から雪が降り始めたとき
塀に止まった鳥のようだった。
鳥が飛び去り始めたら
空の難破船のようだった。
空が鞭の音をたて始めたら
わたしの背中を打たれたようだった。
背中が痛み始めたら
小さなナイフが胸に刺さったようだった。

☆

わたしの心（心臓）が血を流し始めたら
そのとき私は死んだ、死んでいた。

ここでは家と庭と肉体と心は繋がり、人間の営みは自然の営みと繋がっている。キリスト教が制度化される以前のあらゆる神の御わざ、自然の営み、人間本来の自然の姿を歌うこの伝承詩は、『耳ラッパ』を貫くもうひとつの要素とも言える。

自分・人間本来の自然の姿に戻る思想は、キャリントンが鈴木大拙との数日の出会い（二二〇頁参照）で学んだ禅につながる要素でもある。チベットの密教のシャーマニズムとは別の大拙の禅の思想を、キャリントンはつねに愛情をこめて語る。それはキャリントンが好きな、「自然でありのままの姿」を説く教えだからである。

☆

二〇〇三年の春、メキシコ・シティで八六歳のキャリントンは、耳ラッパを必要としない自立した芸術家であった。創作を続けアクリル画の「清掃婦」は、箒で地面を掃く女性群を描いたもので、それは今もイギリスに存在する一連の魔女たちが箒で悪魔を掃きだす清めの儀式でもあった。小説でも絵画でもキャリントンの魔術が起こる場である台所（調理場）で、キャリントンとアメリカの美術史家ホイットニー・チャドウィックと私は団欒していた。

そのときキャリントンが叫んだ。

「聞いて、誰もいないのに二階で音がするわ。この間もそうだったのよ。スピリトがいるのよ」。

私たちは階段でキャリントンの指示どおりの儀式を行った。キャリントンは点火したインセンス（香）を手にチベット語で呪文を唱え、チャドウィックは英語で、私は日本語で唱えた。それは太鼓の音はないものの、洞窟の老婆たちが朝鮮朝顔とクマツヅラを煎じて女神を呼び起こす儀式そのものであった。

☆

この翻訳はレオノーラ・キャリントンの英語版『*The Hearing Trumpet*』に拠り、フランス語翻訳版とは多少の違いがある。ラテン語翻訳にあたっては嶋岡晨氏訳の『耳らっぱ』(妖精文庫17)を参考にさせていただきました。一四年にわたり鈴木大拙師の秘書であり、コンスタント・コンパニオンであった岡村美穂子氏からは、大拙とキャリントンの貴重な写真を提供していただきました。ノラ・オルナ氏からはカティ・オルナの貴重なオリジナル版を提供していただきました。さらに日本語版作成に当たって、どの外国語版にもないオリジナル版を提供していただきました。「私はすべての蜂の巣の女王」のイメージを表紙に、線画を挿図に使用する許可を与えてくれたレオノーラ・キャリントン女史に感謝の意を表します。キャリントンの絵画を含む「フリーダ・カーロとその時代」展の監修・キュレイティングのために、大幅に遅れた翻訳作業に寛大に対処してくれた工作舎の十川治江氏に、改めて感謝の意を表します。

注

1——ポール・デ・アンジェリスのキャリントン・インタビュー。(Leonora Carrington, *Mexican Years 1943–1985*, The Mexican Museum, San Francisco, 1991)

2——George Melley, *Introduction to Swans Reflecting Elephants : My Early Years*, by Edward James (London : Weidenfeld & Nicolson, 1982) in Introduction by Helen Byatt (*The Hearing Trumpet*, Exact Change, Boston, 1996)

3——Leonora Carrington, *A Retrospective Exhibition* (New York : Center for Inter-American Relations, 1975)

●著者・訳者紹介

レオノーラ・キャリントン Leonora Carrington

一九一七年四月六日、イギリスのランカシャーで、裕福な実業家を父にアイルランド人を母に、四人の子供の一人娘として生まれる。一七歳で社交界デビューするが飽き足らず、父親の反対を押し切ってロンドンの美術学校に進む。一九三六年、ロンドンで開かれた国際シュルレアリスト展でマックス・エルンストの作品に打たれ、翌年本人と劇的な邂逅をはたす。エルンストを追ってパリ、さらには南仏に移り、シュルレアリスト・グループと交流。パリとアムステルダムの展覧会に出品するとともに、短編『恐怖の館』『卵型の貴婦人』を出版。一九三九年第二次世界大戦が始まり、ドイツ人のエルンストは強制収容所に送られ、キャリントンはスペインに逃れるが、精神病院に収容される。

回復後メキシコ人レナト・レドックと結婚、ニューヨークへ渡りシュルレアリスト・グループと再会。一九四二年以降はメキシコ在住。再婚したハンガリー人写真家のエメリコ・チキ・ヴァイズとの間の二人の息子ガブリエルとパブロを育てながら、絵画、版画、タピストリー、彫刻の分野で旺盛な創作活動を続ける。

本書や多くの短編小説で、美術はもとより文学の分野でも国際的な評価を得ている。

一九九七—九八年の全国展開の個展につづき、二〇〇三年七月からは東急文化村を皮切りに、「フリーダカーロとその時代展」として、本邦初公開の絵もふくめて各地で紹介される。

野中雅代 Masayo Nonaka

青山学院大学大学院文学研究科修士課程修了（英米文学専攻）。ニューヨーク大学大学院英語科に学ぶ。コレヒオ・デ・メヒコ客員研究員を経て、現在青山学院大学講師。

著書に『レオノーラ・キャリントン』（彩樹社）、編訳詩集に『アステカの歌』（青土社）、訳書にレオノーラ・キャリントン『恐怖の館』、レメディオス・バロ『夢魔のレシピ』（ともに工作舎）などがある。監修・キュレーションに「レオノーラ・キャリントン」「レメディオス・バロ」「フリーダ・カーロとその時代」展がある。

耳ラッパ

発行日——二〇〇三年七月二〇日
著者——レオノーラ・キャリントン
編集——野中雅代
出版協力——真尾武子
エディトリアル・デザイン——宮城安総＋平松花梨
印刷・製本——株式会社新栄堂
発行者——十川治江
発行——工作舎 editorial corporation for human becoming
〒150-0046 東京都渋谷区松濤2-21-3
phone: 03-3465-5251 fax: 03-3465-5254
URL: http://www.kousakusha.co.jp
e-mail: saturn@kousakusha.co.jp
ISBN4-87502-373-1